Fan
ファン文庫

金沢つくも神奇譚
万年筆の黒猫と路地裏の古書店

著　編乃肌

マイナビ出版

目次

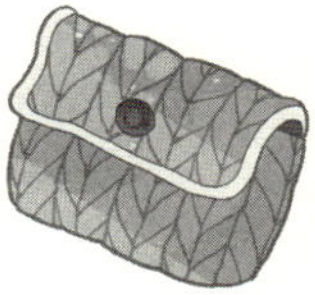

序章

人がいるから物が生まれ、物があるから人の世は豊かになる。

この街の片隅で、意思を宿した〝彼等〟はたしかにそこに在った。

人であらず、されど人の世に限りなく近い存在の彼等。

もしこの物語を開いたあなたが、なんらかのきっかけで、その一端を垣間見ることができたのならば、そのときは

※

スラスラと原稿用紙の上を、万年筆のペン先が軽快に滑る。ペラリ、と用紙が捲《めく》られて、また新たなページに文字が書き込まれていく。

四方の壁を埋めるのは、山ほどの本が収められた本棚。あとは小さな机と椅子くらいしか目立った物のない、こぢんまりとした室内には、一から物語が紡《つむ》がれる音だけが満ちていた。

小学校四年生の頃、そこそこ名の知れた小説家である祖母の書斎で、このささやかな

音を聞くことが、玉緒《たまお》はなにより心安らいで好きだった。

「あらあ、たまちゃん？　いつからおったん？　声かけてくれたらいいがんに」

少し間延びした、地元の方言を交えて話す祖母の声も好きだ。

古びた椅子に腰かける祖母が、玉緒に気づいてゆったりと振り向く。

皺深い手には蒔絵《まきえ》の施された万年筆が握られている。黒地に猫の後ろ姿が金で描かれたそれは、祖母の愛用品だ。

「えっと、あの」

「慌てんでええよぉ。ゆっくり話しまっし」

あたふたする孫娘に対し、祖母は穏やかに言葉を待つ。

祖母の花江《はなえ》は七十代後半で、髪こそ白髪が覗くが、背筋は年齢を忘れるほど真っ直ぐに伸びていて、所作のひとつひとつに品が漂う。笑うと三日月の形になる瞳は、少女染みて愛嬌があった。

「おばあちゃん、お話を書いていたから。……邪魔しちゃダメだと思って」

「まった、この子は。かたい子ねんけど、そんな気ぃ遣わんでもいいげんよ？　なにか用事があって来たんやろ？」

『かたい子』というのは、なにも頭が固いという意味ではない。金沢弁で『行儀のいい子』『利口ないい子』という意味だ。

もじもじと、玉緒は背に隠して持つポーチを握る。

用事はある。

だけど言いだし難《にく》くて、目はあちこちを泳いだ。

さまよう玉緒の小さな瞳は、床に転がる犬猫用のエサ入れを視界に留める。いつの間にか置かれるようになっていたステンレス製のエサ入れは、なぜか常に黒ずんで汚れていた。

「今日も猫ちゃん、来ていたの？」

「うん？　ああ、もうちょっこ前に来とったよ」

「また会えなかった……」

花江の書斎に遊びに来るという野良猫と、玉緒はいまだに一度も出会えていない。しょぼくれる玉緒に、「たまちゃんにはまだ見えんげんね」と、花江はおかしそうによくわからないことを呟いている。

「ほんで、用事はそのほつれた毛糸のポーチのことけ？」

「あ……」

不貞腐《ふてくさ》れたようにエサ入れを見ていたら、隠していたはずのものが見つかってしまった。観念して、ポーチをおずおずと花江に差し出す。

からし色の毛糸で編まれたポーチは、花江のお手製で、玉緒の小学校入学祝いに贈られたものだ。受け取って以来、ティッシュやハンカチを入れて、玉緒はずっと使い続けていた。

「ごめんなさい、せっかくおばあちゃんにもらったポーチ、あちこちひっかけてボロボロになっちゃった……」

「毛糸やししかたないことやって。こんくらいのほつれやったら、あとでおばあちゃんが直しとくから安心しまっし」

「本当!?」

「じゃまない、じゃまない。それよか、こんなもんをまだ大事にしてくれとったやな。あんやとね、たまちゃん。物を大事にするたまちゃんには、つくも神さんがなぁんやいいこと運んできてくださるわ」

「つくも神さん？」

花江は簡単に「物の妖怪みたいなもんや」と教えてくれた。花江は、こういった妖怪やらあやかしといった類いには詳しい。それは彼女が書いている小説の題材が、主にそれらを中心に据《す》えたものばかりだからだ。

ジャンルは多様で、大人向けの文芸作品も書けば、児童書のような子供向けの作品も手がけるが、漏れなくどれにも〝人ならざるもの〟が登場している。

花江の語る不思議な世界に、すっかり慣らされていた玉緒は、つくも神とやらのことも「そんなのがいるんだなあ」とごくごく自然に受け入れた。

「おばあちゃんが次に書こうか思とる物語は、つくも神さんが主役ねん。金沢に住んどるつくも神さんたちに、いっぱいお話を聞いて回ろかなあと考えとってん」

「……つくも神さんたちに、お話を聞くの？」

おばあちゃんが？　と、目を丸くする玉緒に、花江はなんの気負いもなく「ほうやぁ」と頷いた。

そんなこともできるなんて、やっぱりおばあちゃんはすごい。

純粋に瞳を輝かせる幼い孫娘に、花江は笑って、受け取ったポーチを片手に問いかける。

「たまちゃんは、つくも神さんたちに会いたいがんけ？」

「私っ？　私は……」

子供らしからぬ態度で、玉緒は相手の求める答えを探そうとする。花江はそんな玉緒の思考を読んだように、「たまちゃんが会いたいのか、会いたくないのか、それだけ答えればいいがんや」と、小さな頭をよしよしと撫でた。

玉緒の気がふっと緩む。

「……あ、会えるなら、会ってお話ししてみたい」

その答えに、花江はふんわりと微笑んだ。

白ばむ真昼の月のような、気を抜いたら見失ってしまいそうになる淡い笑みは、花江が時折見せる表情だ。玉緒は祖母がこの表情をするたび、大好きなおばあちゃんが自分の知らない遠くへ行く気がして、無性に寂しい気持ちになる。

きゅっと、引き留めるように祖母の服の裾を握った。どこか懐かしさを覚える古い紙とインクの匂いが、玉緒の鼻腔を掠める。

「ほうやったら、いつかたまちゃんが……」

頭に乗せられていた手のぬくもりが、ゆっくりと離れていく。

花江の声に重なるように、机の上に転がる万年筆が、コトリと身動《みじろ》いだ気がした。

一章

万年筆の黒猫

北陸新幹線『かがやき』に乗って、東京から金沢へ。

電車や飛行機だと三、四時間はかかった道のりが、新幹線開通により最速二時間半で着くなんて、便利になったものだなあと、玉緒は格子《こうし》柄のシートに身を沈めて流れ行く景色を眺める。

最上級車両のグランクラスではないが、普通車両でも充分快適だ。発車が静かすぎて、何度乗っても「いつ動いたの？」とびっくりしてしまう。

耳にはスマホに繋がるイヤホン。適当に好きな音楽を流している。北陸新幹線は普通車でも、すべての座席に電源コンセントが設置してあるので、充電の心配をしなくていい。

だけど、この旅で一番に玉緒がホッとしたのは、隣が空席だったことだ。性格上、見知らぬ誰かが隣にいるとそれだけで緊張してしまうので、ひとりでのんびり座れたことが僥倖《ぎょうこう》だった。

「まさか二年半で、地元に帰ることになるとは思わなかったけど……」

疲れきったひとり言だって、横に誰もいないからこぼせる。

乙木《おとぎ》玉緒、現在二十四歳。四年制大学の文学部を卒業し、東京の企業に事務職として就職。二年半勤めたのち、自己都合で退職し、今まさに生まれ育った故郷である、石川県金沢市に帰還している真っただ中である。

「はあ……」

会社を辞める経緯を反芻《はんすう》すれば、自然と深い溜息が漏れる。

揺れのない車内でバラード系の曲を聞きながら、眠気を誘われた玉緒は、嫌な記憶を追い出すように目を閉じた。

※

玉緒という人間をひと言で表すならば、〝空気読みすぎ系女子〟である。

その過剰なまでの空気読みスキルは、いい方向に発揮されることもあれば、もちろん悪い方向に発揮されることも多い。

社会人として最初に勤めた会社では、八割くらいが悪い方に働いてしまった。

まず、就活で連敗が続く中、初めてもらった内定先が、奇跡的に東京の大手インテリアメーカーだった。正直に言うならば、だんだん手当たり次第になってきて、完全にダメもとで受けた企業であり、まさか最終面接までクリアするなんて思ってもみなかった。

はたから見れば朗報なことは間違いなく、周囲の者は諸手《もろて》を挙げて玉緒を祝福してくれたが、玉緒は最後まで誰にも言えなかった。東京の都会っぷりにも、その企業のお洒落なオフィスや雰囲気にも、選考が進むに連れてどんどん、「私がここで働けるのだろうか……？」と気後れしていたことを。

それでもやっと摑んだ初内定で、仕事を選べるような立場でもない。周りも完全に玉緒の就活は、無事にいいところに決まって終了といった扱いで、下手なことも口にできない。結果的に玉緒はそこに就職した。

しかしながら案の定。

待っていたのは、いっこうに馴染めない職場での、ジリジリと精神が紙ヤスリかなにかで削られていくような毎日だった。

同僚にさりげなく仕事を押しつけられても、空気を読んで断れず。自分のではないミスを上司に責められても、これまた空気を読んで頭を下げて。周りの空気は山ほど吸っているはずなのに、酸欠になりそうな息苦しさの中で黙々と仕事をした。

もっと大変な職場はいっぱいある、私の能力さえ上がれば問題ない、誰かの役に立てているならいいじゃないか……。

そんなふうにごまかしごまかしやってきたのだが、ある日。

「乙木さんってさ、本当にいい人だよね」

お昼休憩の時間だっただろうか。給湯室の前を通り過ぎようとしたときに自分の名前が聞こえて、玉緒はピタリと足を止めた。思わず僅かに開いた扉の隙間を覗けば、同僚の女子ふたりが雑談に興じていた。

「昨日も、彼氏の具合が悪いから早く帰って看病してあげたいんだってこぼしたら、大量のコピー引き受けてくれたのよ」

「あんた、彼氏とは先月別れたって言ってなかった？」

「あ、バレた？」

「ほどほどにしときなさいよ、乙木さんがかわいそうじゃん。あの子、他からも雑用任されまくりで残業続きみたいだし」

ええー大丈夫でしょ、と軽い笑い声が、玉緒の耳にいやに大きく響く。

「だって乙木さん、〝いい人〟だし」

……それってどんな理屈？

そのいい人って、都合のいい人って意味だよね？

せり上がるような気持ち悪さと共に、そんな言葉が頭に浮かんでは消えた。

ささやかな悪意を孕《はら》んだ彼女たちの会話は続き、必死に取り繕ってもあか抜けない玉緒を、嘲笑《ちょうしょう》しながら揶揄《やゆ》するようなことも話していた。

「特にあの毛糸のポーチ、あれはさすがにナシでしょ。古いしダサいし。いつから使ってんのか、物持ちよすぎ。うちの会社、ブランド力重視なんだからさ。社員もそれ相応なセンスは必要じゃない？」

玉緒が話を聞けたのはそこまでだ。

恥ずかしくて惨《みじ》めで情けなくて。ちょうど手にしていたからし色のポーチを握り締め、逃げるようにその場を去った。途中、目に入ったゴミ箱に、衝動のままに中身ごとポーチを捨てた。

――もう十年も前に亡くなった、祖母の花江の形見のような物だった。

ほつれても何度も自分で直し、お守りであり心の支えでもあったそれを手放して、玉緒はとにかく人目につかない場所を目指した。廊下で誰かとぶつかった気もするが、このときばかりはなりふりかまえなかった。

俯き唇を噛んで、緩む涙腺を必死に保たせた。

結局、ろくな安寧の場所なんて見つからず、駆け込んだのは女子トイレの個室で。

「ごめんなさい、おばあちゃん……ごめんなさい」

押し殺すようにそれだけ呟いて、玉緒は初めて会社で泣いた。

ポロッと目から落ちた、透明度の高い雫は、ついぞ自分に似合わなかった制服のスカートに染みを作った。

玉緒が辞表を提出する、一週間前の出来事だった。

※

「間もなく終点、金沢です。お出口は……」

いつの間にか寝ていた玉緒は、朗々と流れる車内アナウンスで意識を引き戻された。現実逃避がしたくて瞼を下ろしたはずなのに、夢でも現実の忘れたい過去を見せられるなんて。気が滅入るので勘弁してほしい。

耳からイヤホンを外し、体を起こして降りる準備をする。

あのあと。会社のトイレでひとしきり泣いて、やっと冷静になった玉緒は、なんてバカなことをしたんだとポーチを慌てて拾いに行った。だけど最悪なタイミングというのは重なるもので、ゴミ袋ごと回収されたあとであり、清掃の人に尋ねれば、袋はもうゴミ収集車に乗せてしまったとのことだった。

あれほど大切にしていたのに。

つまらないことで、永遠に失ってしまった。

本当に彼女の心が折れたのは、きっとそれを正しく理解した瞬間だった。

「やっぱりこっちは気温下がるなあ……」

ガラガラとキャリーバッグを引きずって、新幹線を降りてホームに立つと、急に冷たい外気に晒される。

今は九月の上旬。

夏の匂いを色濃く残す秋の入り口だが、東京よりも当然、北陸の温度は低い。

身震いして、玉緒はカーディガンの前を合わせた。下は水色の半袖ワンピース一枚だ。上着を着てきてよかった……などと思いながら、ダークブラウンに染めたミディアムボブの髪を揺らし、改札の方へと足を進める。


今と昔が背中合わせに存在する、情緒あふれる古都・金沢。

歴史ある景観があちこちに残るこの街には、歴代藩主が努めた文化政策により、多くの伝統文化が息づいている。

ことにこの金沢駅は、その見本市のような駅だ。

新幹線乗り場の待合室には、壁面に収められた二百点以上もの工芸品。コンコースにも門型柱のひとつひとつに工芸品プレートが展示されている。他にも至るところ、構内は金沢らしい趣向が目白押しだ。

中でも玉緒のお気に入りは、駅ナカの金沢百番街『あんと』の天井で、照明が加賀藩前田家の家紋である梅鉢紋の形をしている。初めて発見したときは、その凝りっぷりに感心したものだ。

なお『あんと』は金沢弁で、『ありがとう』を意味する『あんやと』が由来である。

「っと、連絡来てたんだった」

自動改札を抜けると、玉緒は隅に寄って一度立ち止まった。

駅は平日でもたくさんの人間でごった返している。邪魔にならないように縮こまりながら、スマホを取り出してメッセージアプリを確認した。

「『東口で待ってるよ』って……範囲広いよ、ちづ姉……」

従姉の千鶴《ちづる》の大雑把さは相変わらずのようだ。

玉緒が地元に帰ってくることを知ったふたつ上の従姉は、仕事が夜勤で昼は空いているからと、わざわざ迎えを申し出てくれた。玉緒としてはありがたくも申し訳なく遠慮したのだが、「私が！　お迎えしたいの！」と押し切られてしまった。

そのときのことを思い出して苦笑しながら、到着連絡と詳しい居場所をメッセで尋ね、ひとまず東口こと兼六園口へ向かう。

外はポツポツと雨が降っており、折り畳み傘を出してパッと開く。

石川県は雨天日数がもっとも多い県であり、地元民は雨には慣れっこだ。東口にあるガラス張りの『もてなしドーム』も、金沢を訪れる人に傘を差し出すイメージで作られているとか。

「ちづ姉どこかな……『鼓門《つづみもん》』のあたりかな」

鼓をモチーフにした巨大な門のところまで行ってみたが、玉緒の予想に反し、千鶴は鼓門にはいないようだった。困っていると、追加でメッセが来る。

端的に送られてきたのは、「やかんの蓋」というひと言。

暗号染みた単語を即座に理解した玉緒は、あーそっちか、と足先の方向を変える。

金沢駅の東口は正面に鼓門、右手に行くと石川県立音楽堂、左手に行くとショッピングビルがある。

そのビルへと行く途中には、大きなやかんが地面に埋まるユニークなオブジェが展示されており、待ち合わせ場所として定番になっている。ポイントはやかん本体の裏側を覗いて見ると、蓋までしっかり転がっているところだ。

千鶴は曇り空の下、青い傘を差してやかんの蓋の前にいた。

「おーい、こっちこっち！」

夏の名残を感じる小麦色の手が、玉緒に向かって勢いよく振られる。玉緒は都会で鍛えた人混み抜けの技を駆使して、早足でそばに寄った。

「迎えに来てくれてありがとう。久しぶりだね、ちづ姉」

「それよ！　本っ当に久しぶり！　一年と半年ぶりくらい？　玉緒ったら全然こっち帰ってこないんだから。この都会に染まった薄情者め」

「ご、ごめん、仕事が忙しくて……」

「冗談よ、わかってるわかってる。明日からはそのぶん、私とご飯食べに行ったり、カラオケ付き合ったりしなさいよ？　てかさ、髪切った？」

似合っていると、千鶴は快活に笑いかける。

玉緒の父の妹の娘である戸水《とみず》千鶴は、平均身長な玉緒より頭ひとつ分高くて、手足がスラッと伸びてスタイルがいい。紺のパーカーにタイトなパンツ、長い黒髪をひとつに纏めてキャップを被ったラフな格好も、彼女のサッパリした性格を表していた。

本人は細目の一重を気にしているが、特徴が薄いぼんやり顔の玉緒に反し、顔立ちもキリッとしていて、異性より同性受けしやすい女性である。

介護の現場に介護福祉士として勤めており、そちらでもおじいさんよりおばあさんに人気らしい。

「髪は……気分転換で切ったの。いろいろと一新したいなあって」

「いいんじゃない？　イメチェンってことで」

背中まで流れていた髪を、玉緒は思い切って東京を発つ前に切った。もうあんな情けない思いはしないように、自分を少しでも変えたいという気持ちの表れだった。

地元にとりあえず帰ってきただけで、次の仕事の目途もなにも、まだ立ってはいないけど。

「私もいい加減切ろうかなー。いじっかしいし」

あ、金沢弁と、玉緒は口角を緩める。『いじっかしい』は『わずらわしい』の意味だ。

「ベリーショートとか憧れるんだけどね」

「ちづ姉がベリーショートは似合いそう」

「ついに男になるって？」

千鶴は冗談めかして、「言っとくけど、男になったら私はたぶんイケメンよ」と胸を張る。

玉緒の事情については「仕事を辞めた」という情報のみで、それでも深く理由を聞かず明るい話題を提供してくれる千鶴に、玉緒は心の中で感謝する。

「そろそろ行きますか。時計駐車場の屋上に車停めてあるの。実家も久しぶりでしょ？」

「うん。仕事の前に本当にごめんね。今度お礼するから」

「だから、私が迎えに来たかったからいいんだって！」

勢いよく歩みだした千鶴に、玉緒もキャリーバッグを引っ張り続く。

千鶴はああ言ってくれたが、優しい従姉に迷惑をかけていないか、とにかく気にしてしまうのが玉緒の性分だ。

「あ、言い忘れていた」

「なに……？」

くるり、と千鶴が長い髪を翻《ひるがえ》して振り返る。

「おかえり、玉緒」

なにげなくかけられたその言葉に、玉緒は一瞬不意を突かれた。次いでじわじわと肩の力が抜けて、鼻の奥がツンとする。

なんだかんだ、やはり自分は疲れていたらしい。

帰ってきたんだとあらためて実感しただけで、心地のよい安堵が胸に広がった。

「うん……ただいま」

金沢駅の西口こと金沢港口から、徒歩三分にある時計駐車場。そこに停めてあった千鶴の軽自動車に乗り込み、玉緒たちは東金沢方面にある玉緒の実家へ向かった。

「それでさ、伯父さんたら超浮かれちゃって。『娘が帰ってくるー！』って、私にまで連絡してきたのよ」

「お父さんが？」

「私だって玉緒から連絡もらっているんだから、もう知ってるっての」

車のワイパーが水を弾き、雨の金沢の街並みが通り過ぎる。十分ほどしかない道のりでも、千鶴はくるくるといろんな話を展開してくれた。

きっちり玉緒を家の前まで送り届けると、彼女は夜の仕事に備えて早々に帰宅する。

「じゃあ、また連絡するから。伯父さんにもよろしく」

うん、と頷き、玉緒は繰り返し礼を述べた。昔からなにかと気にかけてくれる彼女には、本当に頭が上がらない。

「……こっちも久々だなあ」

東京では出番のなかった家の鍵を回し、玉緒は玄関のドアを開けて中へ入る。

一度リフォームした和風モダンな平屋は、もともとは玉緒の父の実家であり、今は父がひとりで住んでいる。昔はそこに、玉緒と父方の祖母の花江が加わって、三人で暮らしていた。玉緒の母は玉緒がもの心つく前に事故で亡くなり、ろくに顔も覚えていない。祖父に関しては一切の情報がなく、最初からいないも同然だった。

玉緒にとっての〝家族〟とは、昔から父と花江、それから千鶴くらいだ。

「お父さんにも、帰ったらメールしてってって言われてたっけ」

キャリーバッグをリビングの端に置いて、立ったままポチポチとスマホを打つ。主夫能力の高い父は、家事は万能だがアナログ人間で、スマホは持っていてもメッセージアプリなんてものは使えない。

それでもちょうど仕事が休憩中だったのか、メールをしたらすぐに返信が来た。

「今日は早めに蛙」

急いで打ったのか明らかな誤字が、ちょっと抜けている父らしい。

さて父が帰るまでどうするかと、玉緒はスマホを食卓に置いて思案する。

やはりまずは荷ほどきからか。しかし荷ほどきといってもたいした物も量もなく、おそらく一瞬で片付く。

東京では会社とマンションを行き来するだけの日々で、あちらでろくな買い物はしていない。唯一の玉緒の趣味だった読書もすっかりご無沙汰で、なんだか急に本の匂いが恋しくなった——そのときだ。

「あれ……?」

テーブルの真ん中に一枚、ペラリと置かれている原稿用紙を見つけた。

黄ばんでいて、だいぶ古いものであることがわかる。こんなものさっきまであったっけ……と疑問を抱きながら、玉緒はそれを手に取った。

辛うじて読める、ひどい悪筆。

懐かしい花江の字だ。

「人がいるから物が生まれ、物があるから人の世は豊かになる。この街の片隅で、意思を宿した〝彼等〟はたしかにそこに在った……」

どうやら小説の原稿の一部のようだ。不自然なところで途切れているので、亡くなる前に書いていたものだろうか。

でもなぜそれがここに、と訝しげに首を傾げていると、どこからともなく「にゃあ」と猫の鳴き声が聞こえた。

え⁉ と驚いて周囲を見渡すが、猫の姿なんて見当たらない。

「空耳?」

それにしてはやけにはっきりと聞こえた気がする。呆けていると、今度はトントンと、誰かが歩いているような音が床からした。

小さく軽い響きは、それこそ猫の足音くらいの。

「猫……猫といえば……」

浮かんだのは、遠い昔、花江の書斎に遊びに来ていたという野良猫の存在だ。まだ生きているかは怪しいが、玉緒は結局会えずじまいだったので、花江がいなくなってからその猫はどうしたのか、地味に心残りだったのだ。

タッと、足音はリビングを出て、廊下の向こうへ駆けていく。

原稿用紙をテーブルに戻し、玉緒は衝動的にそれを追いかけた。暗示にでもかかったように、とにかく追わなくてはいけない気がしたのだ。

そして辿り着いたのは、南側の端に位置する花江の書斎。

足音はここで途切れている。木板の扉は玉緒を誘うように、ほんの僅かだけ開いていた。

「おばあちゃんの……」

花江が心疾患で亡くなってから、玉緒は一度もここを訪れていない。部屋の主を欠いた書斎を見ると、おばあちゃんがもうどこにもいない現実を突きつけられるようで、意図的に避けていたのだ。

綺麗好きな父は定期的に掃除をしているそうだが、玉緒が入るのは実に十年ぶりだ。

戸惑いを残しつつも、意を決して足を踏み入れた途端、漂ってくるのは紙とインクの香り。ドア横の電気をつければ、丸いランプシェードからオレンジの光が放たれ、室内を淡く照らしだす。

「わ……まったく変わってない」

この部屋だけはリフォームの手が加えられていないので、中は花江がいた頃と寸分違わず、隙間なく詰まった壁一面の本棚もそのままだった。

右側の棚の一番上を占めているのは、文庫にハードカバーと種類も多様な、花江の出版作品たちだ。花江はペンネームを持たなかったので、作者名はすべて実名である。

正面には褪せたカーテンで閉ざされた小窓。その下には古めかしい椅子と机があり、机の上には原稿用紙の束と、閉じたノートパソコンが置かれている。

作家としての花江は少々変わった執筆スタイルを取っていて、昔ながらの手書き原稿で話を完成させたあとに、その文をパソコンに黙々と打ち込んでいた。年のわりに柔軟な花江は、現代電子機器もお手のものだった。

「おばあちゃん、タイピングも速かったんだよね」

このレトロな書斎で、万年筆を片手に原稿用紙に向き合っていたかと思えば、「データはバックアップを必ずするげんよ」とキーボードを軽快に叩いていた花江。

器用な彼女の弱点といえば、ミミズがのたくったような悪筆くらいだ。

「……ん？」

謎の足音のことも忘れて、しばし祖母との思い出に浸っていると、玉緒の爪先にカツンッと固いものが触れた。

転がっていたのは、過去に花江が手にしていた万年筆。

そういえばこれも猫だった……と、玉緒は屈んで拾い上げる。

万年筆には黒漆の同軸に、後ろ姿の金色の猫が、蒔絵で繊細に表現されていた。

蒔絵は漆で絵模様を描き、金属粉や色粉を蒔いて固める漆工芸の技法のひとつだ。金沢には『加賀蒔絵』と呼ばれる蒔絵が存在し、江戸時代にさまざまな逸話のある加賀の名藩主・前田利常《まえだとしつね》が、京都と江戸から蒔絵師を指導者として招き、そこから加賀藩で発達していった。

花江の万年筆もそこまで古いものではないが、金沢の職人の手によるものだと、玉緒は以前に聞いたことがある。間近で観察すると、蒔絵の美しさがよくわかった。

思えば花江の使っているところは飽きるほど眺めていても、こうして自分が触れるのは初めてかもしれない。

「――ああ、ようやくボクと繋がってくれたね」

「え」

真後ろから声が聞こえた。

玉緒が慌てて振り向くと、そこにいたのは一匹の黒猫だった。

床にすまし顔でお座りするその猫は、スラリと細い肢体に、ちょうど黒漆を思わせる艶のある毛。目は輝く黄金色だ。

だがなにより特筆すべきは、その尻尾。ゆらゆらと揺れる尻尾の先だけが黒から銀になっていて、ツンと尖っているのだ。

それはそう、言うなればペン先に似ている。

「尻尾がペン先みたいな、黒猫……？」

「やあ、玉緒。この姿で会うのは初めましてだね」

「しゃべっ⁉」

猫が喋った⁉　と驚きのけぞる玉緒に、「君と会話できてよかったよ」と、猫はゴロゴロと喉を鳴らす。

瞬時に玉緒の脳裏を過《よぎ》ったのは、祖母の小説だ。人間ではないものたちが活躍している、奇々怪々なお話の数々。

「あなた、もしかして妖怪……？　ば、化け猫？」

「なるほど、化け猫ときたか。当たらずも遠からずだね。それにしても、ボクが普通の猫じゃないとして、その非現実的な事実の受け入れの早さは、さすが花江の孫ってところかな。ボクはね——つくも神だよ」

「つくも神？」

玉緒がまだ幼い頃、花江から聞かされた覚えのあるワードだった。

つくも神は『付喪神』、もしくは『九十九神』と書き、長い年月を経て、古い道具に霊魂が宿ったものをそう呼ぶ。諸説あるが、人をたぶらかし禍《わざわい》をもたらすこともあれば、人に福を招くこともあるらしい。物に纏《まつ》わる、けっこうメジャーな妖怪だ。

「ボクの〝本体〟は、君が今手にしているその万年筆。ボクは花江の万年筆に憑《つ》いているつくも神なんだ」

玉緒は手元にある万年筆と、眼下の黒猫を見比べる。

信じがたい気持ち半分、おばあちゃんの持ち物ならあり得そうという気持ち半分で、反応に困ってしまう。

「花江には万年筆の〝マ〟と猫の〝ネ〟で、頭文字を取って『マネ』って名前をもらったんだ。気軽にマネと呼んでおくれ」

「マ、マネ？」

「そうそう。実は君にちょっと頼みたいことがあってね。とりあえずボクの話を聞いてもらってもいいかな?」

玉緒は「今大丈夫?」とお伺いを立てられたら、どんな状況だろうと「はい、大丈夫です」と八割の確率で返すのが常だ。対人以外にも玉緒の空気読みスキルは発揮され、無意識に首を縦に振っていた。

「ん、それなら順を追って話そうか。まず花江は、特別な力を持った人間でね。霊力と表現した方がわかりやすいかな? そういう力があって、妖怪とかあやかしと称される類いの、人間ではないものと自然に交流していたんだ」

心当たりはないかい? と尋ねられ、玉緒は昔の記憶を探る。

思い返してみると、誰もいないところに手を振ったり、なにもないところで前触れなく立ち止まったり、花江の言動の節々には、〝普通の人には視えない連中〟を認識している面が多々あった気もする。

それなら彼女の書いていた小説の内容は、完全なる空想の世界ではなくなる。ほぼノンフィクションだった可能性がある。

「花江は力が強すぎて、周囲にも影響を及ぼすほどでさ。本来つくも神は、少なくとも百年は大切にされた物じゃないと、こうして具現化できないんだけど。花江と関わると、ボクみたいなまだ歴史の浅い道具でも、意思と動ける体を持てちゃって」

「……おばあちゃんって、本当にすごかったのね」

「花江はボクら界隈《かいわい》では有名人だよ。優しく穏やかで、物にも人にも好かれていた」

たしかにそのとおりで、玉緒の目から見ても、花江はたくさんの人に愛されていた。

昔は全国あちこち、体に無理が利かなくなってからは県内中を、小説の取材を兼ねて回り歩き、そのたびに友達を増やして帰ってきた。

自分にはない凄まじいコミュニケーション能力を誇る祖母を、玉緒は純粋に尊敬したものだ。

まさかそのコミュ力が、人外にまで及んでいるとは思わなかったが。

「花江が亡くなったときは、方々から嘆きの声が上がったものさ」

しんみりとしたマネの呟きに、玉緒はふと、ゴミ箱に放ったポーチのことを思い出す。

花江が作ってくれた大切なものだったのに、紙くずだらけのゴミ箱の中に、バカな自分が捨てたもの。

きゅっと、玉緒はいまだ押し寄せる後悔に唇を噛む。

「まあ、花江の力を抜きにしても、この金沢は古くから物づくりの街。ボクたち物に宿るつくも神には、どうも住みやすい土地みたいでね。花江の友達のつくも神は、この地のそこら中にいるよ。さて、ここからが本題……なん、だ、けど」

「マ、マネ？」

フラフラしだしたかと思えば、急にマネはうつ伏せにパタリと倒れた。

玉緒は本日何度目かもわからぬ驚愕の悲鳴を上げて、ぐったりと床に潰れるマネのそばにしゃがみ込む。

「だ、大丈夫⁉」

「久しぶりにいっぱい動いて……エネルギー切れみたいだよ……。悪いんだけど、本題に入る前にひとつ、ボクのお願いを叶えてくれないかい……？」

「お願い……なにをすればいいの？」

つくも神からの願いなんて予想もつかず、玉緒は身構えたが、マネの口から出たのは斜め上を行く言葉だった。

「お腹が空いたから、ごはん。あとお風呂にも入れてほしいな」

※

飯に風呂。

つくも神が頼むにしては、仕事から疲れて帰ってきたサラリーマンの要望みたいだったが、なにもキャットフードを食べさせるとか、浴槽に入れるとかの意味ではなかった。

マネが申し出たのはつまり、本体である万年筆のメンテナンスである。

「いや、君の父親の優一《ゆういち》が、花江が大事にしていたものだからって、小まめにボクの手入れもしてちょいちょい使ってはくれていたんだけどね。万年筆って放置されるとダメになるから。ただここ最近、優一は忙しかったみたいで忘れられていてさ」

「それでインク詰まりに……」

玉緒は書斎の椅子に座り、おそるおそる万年筆にインクを吸入していた。

あのあと、倒れたマネの指示に従って、玉緒はコップにぬるま湯を用意してペン先を洗浄した。これは万年筆のお手入れの基本で、こうすることで、放置されて固まったインクを取り除くそうだ。マネの言う〝お風呂〟である。

それから近くの文房具屋さんに〝ごはん〟……専用のインクを買いに行かされた。万年筆にもいろいろタイプがあるようで、とにかく指示どおりのものを探してきた。

猫にお使いを頼む昔話はあっても、猫にお使いを頼まれるとは思いもしなかった。

「インクの吸入終わったよ」

「あんやと、あんやと。あー……生き返ったよ」

「そ、それならよかった」

ご機嫌に机の端で丸まるマネに、インク瓶を片付けながら玉緒は苦笑する。

本体の万年筆と連動しているのか、マネの毛艶も心なしか磨きがかかっていて、本当にこの万年筆のつくも神なんだなあ……と、玉緒はあらためて不思議な気持ちになった。

「玉緒は、万年筆を使ったことは？」

「触ったのも初めてで……」

「じゃあ試し書きでもしてみなよ。使い心地に驚くよ、きっと」

ペン先の尻尾で、マネが原稿用紙の束をツンツンと突いた。この端っこに書いてみろということらしい。

「下手に力を加える必要はないよ。万年筆に余計な筆圧はいらないから。寝かせ気味に傾けて、そう、それからシャッとペン先を走らせる」

「わ！」

言われたままに適当に線を引いてみると、そのなめらかさに玉緒はびっくりした。

ボールペンより圧倒的に軽くて、スラスラとペン先が走る。

「すごい……ちょっと気持ちいいかも」

だろう？　と、マネが自慢げにペン先の尻尾を振る。

なにより玉緒は、こうして書斎の机に向かい、万年筆を手にしていると、花江のようになれた気がして少しだけ嬉しかった。遠くにいってしまった花江を、もう一度近くに感じられた気がしたのだ。

「次回はもう少し、質のいいインクが食べたいかな。こう、割高の。高級なの」

「さりげなくすごい要求してくるね……う、うん、わかったよ」

「人間だってごはんはおいしい方がいいだろう？　ふー、お腹が膨れたら眠くなってきたね。お昼寝でもしようかな」

「え⁉」

本題はどうしたの⁉　と、玉緒は声に出さずに突っ込む。マネの方から言いだしたはずなのに、猫らしいマイペースさで、彼はむにゃむにゃとすでに昼寝の体勢に入っている。さすがの玉緒もここは揺り起こした。

あんな気になるところで、話を引っ張られたままなのは困る。

「あの、本題！　本題を教えて！　私に頼みたいことがあるって……！」

「おや、そういえば言っていなかった」

閉じかけていた目をパチッと開いて、マネはトンッと華麗に跳躍した。

あっという間に本棚の天辺《てっぺん》まで上ると、花江の書籍の背表紙を、尖った尻尾でゆっくりなぞる。

「端的に言うと――玉緒に、花江の書きかけの小説を完成させてほしいんだ」

私がおばあちゃんの？

これまた予想外の発言に、玉緒は目を丸くする。

「花江は金沢を舞台に、つくも神の物語を書く予定でいた。実際にボクのような、つくも神たちに話を聞いて回ってね」

「つくも神に話を……？」

「うん。だけどまだ取材の段階で亡くなってしまった。花江はその小説を完成させたら、人間たちだけでなく、取材協力したつくも神たちにも読ませるつもりだったのに。それで後任を玉緒に頼みたくて……」

「ちょ、ちょ、ちょっと待って！」

一度話しだすと今度はどんどん話を進めるマネに、玉緒は焦りを覚える。つい万年筆を握ったまま勢いよく立ち上がると、椅子がガタリと音を立てた。

「つまり私にしてほしいことって……おばあちゃんの小説を代わりに私が書いて、つくも神たちに読ませるってこと？　私が道具に、つくも神にインタビューして⁉」

「百点満点の解答だよ、玉緒」

マネがペン先の尻尾を回して、空中に花丸を描く。わーい花丸だと喜ぶ余裕などなく、玉緒は今度こそ混乱した。

白状するなら、玉緒だって祖母の影響で小説家になりたいと淡い夢を抱いていたこともあった。実際に中学から高校までずっと文芸部で、作品を書いて細々と仲間内で見せ合ったりもしていた。

大学も文学部だったが、就職という現実を前にして、自分に祖母と同じ才能があるとは到底思えず、そんな夢は風化して消え去った。

趣味で続けるという手もあっただろうが、東京生活では本一冊さえ開いていなかったのに、小説など書く余地があるわけもない。玉緒が書いていたのは、持ち回りのはずが押しつけられまくって担当と化した、意外と辛い会議の議事録くらいだ。

「私がおばあちゃんみたいに書けるはずがないし、それに取材相手がつくも神なんて。そもそも今まであやかしなんて見えなかったのに、急になんで……？」

「その万年筆を玉緒が手にしたからだよ」

マネいわく、玉緒には花江と同じ〝力〟の素質はあったそうだ。だけど花江ほど強くはなく、目覚めるにはきっかけが必要だったと。そのきっかけが、花江が愛用していた万年筆に触れることだったそうだ。

「これからは他のつくも神たちも視えるようになると思うよ。ただ、会話したり触れ合ったりするには、ボクがそばにいないと難しいかな。取材のときには、万年筆をお忘れなくね。ボクは本体からあんまり離れられないから」

「もうすでに引き受ける感じに……！」

「あれ？　やりたくないのかい？」

真っ直ぐに金の瞳で射貫《いぬ》かれて、玉緒はうっと答えに窮する。

正直、心擽《くすぐ》られる話ではあった。なんの取り柄もないと思っていた自分が、憧れだった祖母と同じ世界を覗けるのだ。花江の遺志を継げることだって、降って湧いてきたチャンスだとさえ感じる。

だけど同時に不安はあり、そもそも無職な現状でそんなことをしていていいのか。人間相手でさえうまく対応できないのに、つくも神相手に取材なんてできるのか。花江の代わりがお前かよと思われたらどうしよう……と、悶々《もんもん》と悩みの渦中《かちゅう》に陥る。

そしてこういう選択を迫られたとき、玉緒が採る思考は概ね決まっていた。

相手が自分にどう望むか、相手の求める答えを探し、そのまま答えようと、意識が知らぬ間に働いてしまう。

マネはここで断ったら、きっとがっかりするよね？　自分が望まれているのは、きっと快く引き受けることだ。渋っているなんて思われたら失望されるかもしれない。マネが望むなら、早く「はい」と答えなければ……。

「玉緒」

そんな玉緒の思考を断ち切るように、マネが玉緒の名を呼んだ。

ハッとする玉緒の肩に、気づけばマネが全身を乗せている。本物の猫ではないからか重さはなく、羽が触れたような感覚しかなかった。至近距離で、マネが玉緒の顔を覗き込んでくる。

「これはね、君が選んでいいんだ」

「え……」

「たしかにボクは玉緒に花江の小説を完成させてほしい。それは本心だよ。だけどね、それはあくまでボクの〝希望〟。玉緒は玉緒のしたいようにすればいい。無理なら断ったっていいんだ」

ゆるりと、マネの瞳が慈愛を宿して細められる。

「玉緒がやりたいか、やりたくないか、それだけでいいんだよ」

――たまちゃんが会いたいのか、会いたくないのか、それだけ答えればいいがんや。

それはかつて、花江が玉緒に送ってくれた言葉と似た響きをもって、玉緒の心の真ん中にストンと落ちた。

握った万年筆を自分の胸に押し当てる。

私は、私の気持ちを優先していいの？

「あらためて聞くよ。玉緒はどうしたい？」

「私……私は」

深く息を吸って吐き出す。心臓が不自然なほど脈打っている。自分の想いを他者のことなど気にせず、はっきり口にするのは久方ぶりだった。

空気なんて今は読む必要はない。

自分が、したいようにすればいい。

「私は、やりたい。できるかわからないけど、私がやりたい。おばあちゃんの小説を完成させたい……！」

存外、その想いはすんなりと喉奥から出てきた。つっかえていたものが取れたように、清々《すがすが》しさが体中を満たす。玉緒の意思表示に、マネは満足げに笑って告げた。

わかったよ、と。

それに胸を撫で下ろして、玉緒も口元を綻ばせる。

「よし、それならまずは身近なところから、つくも神たちがいる場所を巡っていこうか。

金沢取材の旅ってところかな？」

「私、基本的に人見知りだけど……迷惑かけないように頑張るよ」

「物の持ち主と関わることもたしかにあるだろうけど、道具に取材するんだから、物見知りでなければ問題はないね。物に語らせてこそ、物語だよ」

「あ、なるほど」

床に降り立ったマネと、玉緒はしゃがんで視線を合わせた。どうなるかは未定で先行きの見通しなんてないけれど。この際だ、やりたいことを思いきり、ただただやるのも悪くない気がしてきた。

「花江が生きていた頃、ボクは彼女とこの街を共にたくさん巡った。それはボクにとって、とても楽しい時間だった。だから今度は、君と巡ってみたいんだ」

「私も……マネと一緒に行きたいな」

戸惑いがちに、だけどしっかり玉緒が手を差し出せば、マネはちょんと、肉球をその上に置いてくれた。

お手……ではなく、握手みたいなものだ。

「これからよろしくお願いするよ、玉緒」

「こちらこそよろしく、マネ」

にゃあと、初めて声を聞いたときのように、マネは猫らしく鳴いてみせた。

二章
神社の童の願い事

人の手から生まれた〝私〟に、込められたひとつの〝願い〟。

どれだけ時代が目まぐるしく移り変わろうと、人が人を想って抱くその願いは、いつだって等しく変わらない。

その願いが今でも繋がっているから、きっとまだ私は、こうしてここにいるのだろう。


だからどうか、忘れないで。

※

「やっと履歴書できた……！」

「お疲れ様。人間って大変だね、こんな紙ペラ一枚に自分の人生を書かなきゃいけないなんて」

「な、なんか虚しくなる言いかたは止めようよ、マネ」

小動物の口から出るシビアな辛口コメントに、玉緒は頬をひくつかせる。

自室の片付けがまだ終わっていないため、玉緒は花江の書斎を借りて、午前中からちまちまと履歴書作成に励んでいた。

使用した筆記用具はマネの万年筆だ。志望動機で悩む玉緒の周りを、先程まで意味もなくうろうろしていたマネは、今は「ひと仕事しました」と言わんばかりの顔で床に丸まっている。

書斎で出会ってから早一週間。

マネと共に過ごす日常生活にも、玉緒はすっかり慣れてしまった。

おまけに万年筆本人による、手厚い講座の甲斐もあって、今では玉緒も一端《いっぱし》の万年筆愛好家の道を歩まされている。

基礎知識はバッチリ身についた。たとえば万年筆は大まかに分けて、インクを丸々交換できる『カートリッジ式』と、インク瓶から直接インクを入れる古式ゆかしい『吸入式』があるとかで、マネはこの吸入式に当たるそうだ。

加えて、取り外し可能な『コンバーター』というインク吸入器もあり、現在はコンバーターとカートリッジのどちらも使える両用式が主流だ、など。

ペン先の種類や扱いかたの注意点なども説明してくれ、その書き心地も相まって、玉緒はすっかり万年筆の虜である。

「臨時でも無事にこの仕事が決まったら、マネにも高級インク……だっけ？　お祝いに買ってあげるね。文房具屋にも一緒に行こうか」

「それは楽しみだね。じゃあボクもお祝いに、よりディープな万年筆知識を玉緒に施してあげるよ」

「お祝いなのかな、それって……」

玉緒は次の正式な仕事が決まるまで、千鶴経由で、介護施設での事務の仕事を紹介してもらった。ちょうど他に応募者もおらず、採用はほとんど決まっているみたいだが、一応履歴書の提出と面接が予定されている。

前職のこともあって不安はあるが、これから花江の代わりを務めるためにも、無為《むい》に止まってはいられないと自分を叱咤《しった》して行動中である。

「あ、受かって仕事が始まっても、前職に比べればたぶん時間はあるし、つくも神探しは問題ないよ」

「玉緒は真面目だね。これから小説を書くってお仕事もあるんだから、もっとまったりすればいいのに」

「はは……私、働いてないと落ち着かないとこあるみたいで」

完成した履歴書をファイルに収め、椅子の背にかけておいたビジネスバッグにしまう。その際、机の端に追いやった原稿用紙の束が肘に触れ、玉緒はあることを思い出した。

「おばあちゃんの書きかけの原稿を、リビングのテーブルに置いたのってマネだよね？

あれって今はどこにあるのかな」

玉緒の前にマネが姿を現した日。目を通した例の原稿のことだ。

あとでテーブルの上を見たらなくなっており、父に聞いても知らないよと答えられた。マネがいつの間にか回収したのだろうと判断し、今日まで聞き忘れていたが、今後の参考に見ておきたい。

そう思って玉緒は気軽に尋ねたのだが、マネは「花江の原稿？」と小首を傾げている。

「私を書斎に誘い込むために、マネが用意したんじゃないの……？」

「いいや。たしかに花江は、つくも神の物語を出だしだけ書いてはいたみたいだけど、どこかに片付けてそのままだったし。ボクは持ち出してはいないね」

「え……じゃあ、あれは誰が……」

それにあの原稿は今どこに？

疑問符を浮かべていたら、トントンと控え目なノックの音が響いた。思考を一旦中断し、玉緒は椅子から立ち上がってドアを開けてあげる。向こう側にいるだろう人物はひとりしかいない。

「どうかした、お父さん？」

「ああ、ちょっと暇なら、昼食のあとに買い物をお願いしたくてさ」

父の優一が朗らかな笑みを玉緒に向ける。今日は工場の仕事が休みな彼は、料理中なのか青いチェックのエプロン姿だ。

「午後から友人と会う約束があるんだが、頼んだ本が届いたって、街の本屋から連絡があってさ。代わりに買ってきてくれないか？」

なんだそんなことかと、玉緒は快く請け負った。暫定暇人なのでお安い御用だ。

助かるよと、優一がのんびりした調子で礼を言う。

中肉中背、玉緒とよく似た童顔で、見るからに人のいい優一は、花江の手を借りながらも男手ひとつで玉緒を育てた、子供想いのよい父親だ。家事はそんじょそこらの奥様より万能で、ご近所の主婦の間では謎のカリスマ扱いさえされている。

「えっと、買ってくる本のタイトルとかって……」

「ああ、『家庭料理の極意～みそ汁編～』と『これで無敵！　プロのシミ抜き術』だ」

「さすが優一。主夫の鏡だね」

トコトコと玉緒の足元にマネがやってくるが、優一はその存在をまったく認識せず、

「あと『カビと戦う三六五日』もよろしく」とマニアックな本のタイトルを増やしている。

「三冊だね、わかったよ」

「すまんな。お詫びってわけじゃないが、お昼はお前の好物だからな」

「私の好物……？」

「ハントンライスだ。玉緒は好きだっただろう？」

『ハントンライス』は、オムライスの上に魚のフライを乗せて、タルタルソースとケチャップをたっぷりかけた、ボリューム満点の地元グルメだ。赤と白で黄色を彩った見た目はカラフルで、SNS映えもばっちりである。

バリエーションもいろいろとあるが、乙木家の優一が作るハントンライスは、卵は半熟とろとろ、トッピングは白身魚のフライと巨大なエビフライのチョイス。なかなかにガッツリな一皿になる。

……東京での胃に痛い社会人生活の末、食が細くなり物理的に胃が縮んだ玉緒としては、喜ぶ前に食べ切れるかが心配になったが。にこにこと楽しそうな父に水を差すわけにもいかず、いつもどおり空気を読んで「早く食べたいな」と返す。

それを聞いて、優一は足取り軽く去っていった。

「玉緒が帰ってきてから、優一は浮かれているね。昔みたいに、ひとり娘に料理を振舞うのが嬉しいんだろう」

「お父さんの料理は文句なしにおいしいし、ハントンライスも大好きなんだけど、量がね……それにしてもお父さんって、本当にマネの存在がわからないんだね」

しみじみと感じた玉緒の呟きに、マネは「まあ、優一はにぶちんだからね」と尻尾を揺らす。

「にぶちんって……」

「花江の血筋のわりには、ボクたちを感知するセンスがゼロなんだよ。万年筆を使っていても無反応だったし」

なんでも考え込んでから遠回しに発言する玉緒とは正反対で、マネの物言いは常にカーブなしのどストレートだ。

しかし優一には悪いが、玉緒はマネの言葉に納得してしまった。平凡でのほほんとしている優一は、オカルト染みた世界とは無縁そうだ。

「そこがお父さんのいいところなんだけどね」

玉緒は子供の頃から、仕事で忙しい合間でも授業参観に来てくれたり、遠足のお弁当をキャラ弁で作ってくれたりした父を、純粋に慕っていた。お母さんなんていなくとも、玉緒には優一と花江がいれば十分だった。

ただ、過去を振り返ると、口さがない連中とはどこにでもいるもので、片親というだけでいろいろと言う者もいた。

まだ幼稚園の頃だっただろうか。

当時からおとなしい性格だった玉緒にしては珍しく、ひとつの玩具《おもちゃ》を取り合って喧嘩した末、相手の子に小さな怪我をさせたことがあった。その女の子の家に優一と謝りに行くことになり、そこで「これだから母親がいない子は」というようなことを、相手の母親に優一が嫌味っぽく罵られていた。

優一はそれに言い返すことも玉緒を叱ることもせず、「喧嘩はほどほどにな」と笑っただけだったが、幼い玉緒にこの出来事が大きなショックを与えた。

自分のせいで、大好きなお父さんが傷つけられたのだ、と。

それからはもうこんなことがないように、玉緒はお気に入りの玩具でも、すべて相手に譲ることにした。求められたなら、いつだって二つ返事で応じる。自分が我慢して丸く収まるならそれでいい。

相手の望むように、相手に合わせるように。

幼い頃のささやかな出来事が発端で、少しずつ少しずつ、今の彼女の空気を読みすぎる面が形成されていったと言ってもいい。

でも……自分はあのとき、どんな玩具を、どうしてあんなに欲しがったのか。

「玉緒、急に黙ってどうしたんだい？」

「あ……ご、ごめん。考え事していて」

「君は考え事が多いね。そうそう、ご飯を食べたら街に行くんだろう？　ボクもついていっていいかい？」

マネはトンッと床を蹴って、玉緒の肩に乗る。

街……この場合は金沢の中心地である金沢駅周辺を指すが、そこには花江と知り合いだったつくも神たちが、比較的多くいるはずだと言う。

「ボクは花江のお供をしていただけで、個々のつくも神のデータを覚えているわけじゃないんだけど。気配は近づけばわかるから、ついでにつくも神探しもしようよ」

玉緒はマネの喉元を擽りながら、「うん」と了承した。

それから「ハントンライスができたぞー」と父から声がかかるまで、玉緒は自室の片付けをしていた。

その頃には、本のお使いのこと、つくも神探しのこと、過去に取り合った玩具のことなど……頭の中が雑多なパレード状態になっていて、消えた原稿のことは、すっかり隅に追いやられてしまった。

ハントンライスをお腹いっぱい味わったあと、玉緒は万年筆を入れたカバンを持って家を出た。

東金沢駅から金沢駅行きの電車に乗り、駅からは周遊バスに乗り換えて、南町《みなみちょう》・尾山《おやま》神社前で降りる。本屋の用事はすぐに済み、頼まれた三冊は無事にゲットできた。時間だけはたっぷりあるので、今はひとまず、マネのつくも神レーダーを頼りに近辺を歩き回っているところだ。

「今日は晴れてよかったね」

「なんだっけ、雨の多い地元ならではの格言があったね。『弁当忘れたら雨でも買いに行け』だっけ」

「ち、違うよ！　『弁当忘れても傘忘れるな』だよ！」

雨の中弁当を買いに行かせるとかとんだ鬼畜だ。

そんな会話をこそこそと、肩に乗るマネと交わす。普通の人にはマネの姿は見えないため、気をつけなくては不審人物になってしまう。

午後一時を回った金沢の中心部は、平日でも観光客らしき人が多く見られ、華やかな着物姿で歩く女性などからは情緒を感じる。楚々《そそ》として靡《なび》く淡香《うすこう》色の袖を、目で追っていた玉緒の耳に、マネが「あそこの神社に行ってみようか」と囁く。

「ぼんやりだけど、あっちの方に同類の気配を感じるんだ」

「本当？　なら行こうか」

百万石通りを少し歩けば、金沢の名所のひとつ、尾山神社はすぐそこだ。

大河ドラマでもご存じの、加賀百万石の礎を築いた前田《まえだ》利家《としいえ》公と正室のお松《まつ》の方《かた》を祀《まつ》るこの神社は、つい立ち止まって二度見してしまうような、ちょっと不思議な神門を構えている。

和漢洋の三層を用いた建築で、下はレンガ造りのアーチ。その上に乗る楼閣には鮮やかなギヤマンがはめ込まれ、堂々と異彩を放っている。もとは御神灯《ごしんとう》が灯され、船の道標とされていたそれは、夜にライトアップされるとさらに幻想的だ。この神社にしかない独特の魅力がある。

「私、この神門を通り抜けるのが好きなんだ。境内も綺麗だよね」

重要文化財にも指定されている、違う世界の入り口のような神門を抜けて、玉緒たちは境内を見渡した。

中央には荘厳な拝殿、右手にはガラス張りの新しい授与所。利家公並びにお松の方の像も、授与所の奥に見える。敷地内に植えられている木々は、今は青く繁っているが、四季折々で多彩な顔を覗かせ、中でも春の菊桜《きくざくら》は見事だ。幾枚も重ねた花弁は三色に移り変わり、一風変わった花を開かせる。

「ん……？」

　そんな拝殿近くの菊桜のそばに、ひとりの少女が立っていた。

　齢は十《とお》に満たぬくらいか。古風なおかっぱ頭に、赤地に多色の菊模様がいくつも連なった、きらびやかな着物を纏っている。目が覚めるような美少女で、ぱっちりとした大きな瞳に、ツンと上を向く鼻。肌は白く真珠のようだ。

　遠目からでもわかるその愛らしさに、玉緒は「ほう」と感嘆の息を吐く。気品さえ感じる佇まいは、まるで昔のお姫様みたいだった。

　だが同時に違和感も抱く。あんな目立つ着物と容姿なのに、なぜ他の参拝客は、誰も少女に視線ひとつ向けないのだろう。

「玉緒、あの子だよ」

「あの子がどうしたの？」

「つくも神……本体がなにかはわからないけど、あの子はボクと同じつくも神だ」

　マネの断定に「え⁉」と玉緒が驚いている間に、パッと少女は踵を返して駆け出した。

　マネは玉緒の肩から飛び降りて、四つ足であとを追う。

「ま、待って！」

　慌てて玉緒もマネに続く。

　動きやすいワイドパンツにスニーカーで来てよかった。

砂利を蹴って、利家公の像の背後に広がる庭園へと足を向ける。幸いこちらは人が少なく、のんびりと写真を撮る老夫婦くらいしかいない。悠々と広がる池には、小島を結ぶさまざまな趣向を凝らした橋が架けられ、着物姿の少女は踊るような足取りで琴橋《ことはし》を渡る。

『神苑《しんえん》』または『楽器の庭』と呼ばれるこの庭園は、雅楽にちなんだ名が橋や島につけられている。琴の形の『琴橋』に、琵琶を思わせる『琵琶島《びわじま》』など。他にも至るところに楽器を模した箇所が見受けられ、今にも音楽を奏でそうな美しい庭だ。

ピタリと、橋の真ん中で少女が足を止める。

「……追いかけてきたってことは、お姉さん、私が本当に視えているんだ。そこの黒猫もつくも神？　どことなく、懐かしい感じがするわ」

追いついた玉緒たちの方を、少女が赤い袖を揺らして振り返る。少し生意気そうな高い声も非常に可愛らしかった。

「ボクは万年筆のつくも神だよ。君とは直接話したことはないけど、乙木花江の持ち物だと言えばわかるかな？　ここにいる玉緒は、花江の孫娘さ」

「花江の……どうりで懐かしいはずね。私の〝本体〟に、今のところ最後に会いに来た人間だわ」

玉緒は黙ってつくも神たちのやり取りを見守る。まずつくも神が、人間の姿をしている場合もあることが驚きだった。最初の出会いがマネだったため、動物を模した姿しか想像していなかったのだ。

彼等は本体の特徴を取り入れた上で、適した姿になるのかもしれない。

本体といえば、彼女はなんのつくも神なのかなと、玉緒はあらためて少女を観察する。神社にいるということは、神社関係の物なのだろうか。花江は本体とも会ったことがあるようだが、マネは彼女の正体までは知らないようだ。

「それで、その万年筆の猫さんと、花江の孫が私になんの用？」

「花江から聞いていないかな？　つくも神を主役に据えた小説を、花江が書く予定だったって話。それを孫の玉緒が引き継ぐことになったから、いろんなつくも神にインタビューってやつをしていくことになってさ。ね、玉緒？」

「そ、そうだね」

いきなり足元のマネから話を振られて、玉緒がおずおずと頷けば、「へえ……」と少女に値踏みするような目で見られた。

彼女は髪をひと房、着物と同じ赤の飾り紐で結んでいて、紐についた丸い鈴がチリンと鳴る。

「つまり、お姉さんは私の話が聞きたいってこと？」

「は、はい」

「私を小説のネタにするために？」

「言いかたが悪いかもですが……概ねそんな感じです」

乗り気なのか乗り気じゃないのか、いまいち摑めない少女に恐々としつつ、玉緒は思いきって協力を願い出た。

「よかったら、あなたの物語を書かせてください……！」

「私の物語、ねえ」

水面に映る少女の顔には、なにやら悪戯《いたずら》っ子染みた表情が浮かんでいる。

「私はね、そこの万年筆の猫さんよりも、ずっと古い物のつくも神なのよね。ざっと遡れば、作られたのは江戸時代の後期くらいかしら？　蔵の中で眠っていたら、いつの間にかつくも神として目覚めちゃったの」

「蔵というと……」

「この辺にある家の蔵よ。私はそこにしまわれている物で、この神社には遊びに来ているだけ。家も蔵も退屈なんだもん」

神社関係の物ではなかったようだ。

それにしても、本体とそんな離れて自由に動けるのか……と疑問に思えば、すかさずマネが補足してくれる。

「つくも神は年月が経つほど力が増すんだ。古い物を依《よ》り代《しろ》とするつくも神ほど、力が強くて、広範囲で自由に動けるよ」

それならやはり、この少女の力は相当強いことになる。

少女は小動物を思わせる仕草で、チラチラと玉緒の様子を窺っている。

「どうしようかなー。協力してあげてもいいけど、タダじゃつまんないなあ……そうだわ！」

いいことを思いついたと、少女が小さな手を打った。

「お姉さん、私と遊んでよ」

「遊ぶって……？」

「こんな遊びはどう？　私の本体がなにか当ててみて。ちゃんと当たったら、なんでも協力してあげる」

言うなれば『正体当てクイズ』をしようと、少女は持ちかけているのだ。

玉緒はどうしたものかと頭を悩ませる。

せっかく見つけた、マネ以外のひとり目……ひとつ目？　のつくも神。できればこの機会は逃したくない。

しかしクイズ勝負に挑むにも、少女について現在わかっていることは、作られた時代と、蔵に収められている物ということだけ。あとは少女の出で立ちから推測するくらいしかできないため、情報が少なすぎる。手当たり次第挙げていくにしたって、〝物〟なんてこの世にごまんとあるのだ。

しかも少女は、「解答は三回までね」とさりげなく難易度を上げてきた。ますます無理ゲーである。

でもここは勝負を受けないとノリが悪いよね……と考えて、玉緒は途中でハッとする。いけない、また〝悪い方〟で空気を読むところだった。

「玉緒、どうするんだい？」

「……勝負を受けるよ。私が、その、受けたいから」

「そうこなくっちゃ！」

よほど遊び相手に飢えていたのか、少女は「やったわ、楽しみ！」と、ぴょんぴょんと橋の上で飛び跳ねている。

彼女の喜びに合わせて、頭の鈴もコロコロと忙しなく鳴った。

「ただし、ゲームはフェアじゃないといけないよ。せめてヒントくらいはもらえないかい？」

「ひんと……？　ああ、手がかりが欲しいってこと？」

交渉するマネに、少女が考える素振りを見せる。

「たしかにそれは必要ね。でも普通にあげてもおもしろくないわ。こうしましょう！　私とお姉さんが〝げぇむ〟をして、お姉さんが勝ったら、ひとつ〝ひんと〟をあげる！　これでどう？」

名案でしょ？　と大きな瞳を輝かせる少女に、玉緒が却下できるわけもない。なにより少女の期待に満ちあふれた様子に、子供らしい微笑ましさを感じてしまい、気づけば了承を示していた。

見た目が子供なだけで、中身は玉緒より遥かに長生きなわけだが。

「ふふ、どんなげぇむをしようかしら！　鬼ごっこ？　かくれんぼ？　あやとりなんかもいいわね、どっちがすごい技ができるか競うの」

「あやとり……できるかな」

「現代のげぇむはあんまりわからないわよ？　うちの家の者はよく『そしゃげの課金が』とか、『がちゃが外れた、れあが出ない』とか騒いでいるけど、サッパリだもん」

それは現代社会の闇です……！

古風な出で立ちの少女が口にすると違和感がひどい。玉緒も大学時代はちょこっとソーシャルゲームをスマホでしていたが、友人たちのハマりっぷりがすごかったことを思い出した。

「頑張ってね、玉緒。勝負もだけど、ひとりでわたわたしている不審者に見られないように」

「そこも気をつけなきゃね……」

ペン先の尻尾を振ってエールをくれるマネに、力なく笑っていたら、玉緒はあることに思い当たる。

マネは『マネ』だが、少女はなんと呼べばいいのだろう？

「あの、あなたにお名前はありますか……？」

「名前？　ないわよ、物だもん。お姉さんは持ち物にいちいち名前をつける人なの？」

「つけませんが、その、ないと不便かなと」

これから一緒に遊ぶのだ、なにをするにしたって名前があった方がいいだろう。

「それもそうね……花江は私のこと、本体に『ちゃん』をつけて呼んでいたけど、それだと正体がわかっちゃうし。お姉さんが適当につけてよ」

「わ、私がですか？」

「お姉さん以外誰がいるの？　可愛い名前をお願いね」

　可愛い名前、可愛い名前……と玉緒は必死に考える。こういうときスパッと決められたらいいのだが、玉緒はあれこれつい悩みすぎてしまう。

　だがこんなところで熟考するわけにもいかない。庭を見に来た人も増えてきて、焦った玉緒は、「き、菊花《きっか》はどうでしょう⁉」と勢いのまま提案した。目についた少女の着物の柄と、菊桜のそばにいたことから連想した安易な名だ。

　しかしながら、少女は気に入ってくれたようである。

「菊花ね。うん、悪くないわ。じゃあ私のことは、菊花ちゃんって呼ぶのよ？」

「は、はい」

「堅苦しいのもなし。今日はもう家に帰るけど、私は大体ここにいるから。玉緒もいっぱいいっぱい、私に会いに来てちょうだいね？」

「はい……じゃなくて、うん」

「ふふっ、約束よ？」

　菊花は「またね」とにっこり微笑み、鈴音と共に消えていった。

　風景に溶けるように視えなくなった彼女に、玉緒はようやく、新たなつくも神と奇妙な約束をしたことを実感したのだった。

今にも降りだしそうな曇天の中、玉緒は肩にマネを乗せて、パンプスでアスファルトを踏む。向かう先は、ここ最近恒例になった尾山神社だ。

「で、本日の勝負は、勝率は何%くらいだい？」

「ろ、六十%くらいかな？」

「おや、君にしては高い方だね」

いつも自信がなくてすみませんと、玉緒は小さくなる。

※

菊花と約束を交わしてから、一週間とちょっと。まるで熱心な参拝者のように、玉緒はほぼ毎日神社に通い、菊花との勝負に挑んでいた。

無事に受かって即日始まった事務仕事の職場が、神社とほど近い街中の施設だったため、帰りに立ち寄りやすいのもある。

職員は前職よりご年配のかたが多く、のんびりした雰囲気が玉緒に合っていた。世話焼きなおばちゃんたちに「これ食べまっし」「こっちもあげるわ。若いもんが遠慮せんとこ！」と、やたらお菓子を与えられる日々である。

「ふむ、もしや今日も大量にもらったお菓子で、菊花を買収する作戦かい？　ボクはアリだと思うよ、勝つためには手段を選ばないやりかたも」

「買収⁉　そんなことはしないけど……！　菊花ちゃんにおすそ分けしようかなとは考えていたよ。本当にたくさんもらったし……」

玉緒はお菓子を入れたビジネスバッグの中を覗く。

本日は土曜日で半日の仕事を終えたあとなので、バッグも含めて、格好はカットシャツに膝丈スカートのオフィススタイルだ。

「お饅頭に、最中に、おせんべいに……そうだ、中田屋のきんつばもあるんだった。これおいしいんだよね」

中田屋のきんつばといえば、薄焼きの皮に、こだわり抜いた大納言小豆をたっぷり閉じ込めた、親しみ深い金沢の銘菓だ。口どけが優しくまろやかなので、玉緒はいくつでも食べられてしまう。

金沢は菓子処であり、おいしい銘菓が目白押し。また和菓子はもちろん洋菓子においても、菓子類の購入額は日本一だ。例に漏れず、玉緒も甘いものは大好きである。

「菊花ちゃんにもあげたいな。つくも神でも人間のご飯は食べられるのよね？」

「嗜好品としてだけどね。菊花は喜ぶんじゃないかな」

「マネはいらない？」

「ボクはお菓子よりも好物があるからね。君も知っているだろう？」

「……万年筆だもんね」

そういえば昔、花江の書斎にあった犬猫用のエサ入れは、いつも黒ずんで汚れていた。あれは今思うとインクだったようだ。

「ふむ、しかし買収じゃないとなると、あとはイカサマかい？」

「どうして黒いやりかたばかりなの……？」

まあ、マネがブラックな戦法をすすめるほど、玉緒の戦況がひどいのは事実だが。

菊花と玉緒のゲームは現状、玉緒が大敗を喫している。

かくれんぼも鬼ごっこもあやとりも、ちゃんとしたルールを設けて勝負した上で、菊花の圧勝だった。「玉緒って勝負事に向いていないのね」と、見た目は幼子に同情の目で見られる始末。玉緒が唯一勝てたのは、菊花が弱い現代用語も駆使したしりとりで、我ながら大人げないと泣きたくなった。

それで得られた、菊花の本体に関するヒントは『金沢に縁《ゆかり》のある物』ということだけ。

三回チャンスのある解答権は、まだ一回も行使していない。

「今日はほら、あの秘密兵器を持ってきたから！　ちゃんと正々堂々頑張るよ」

「ああ、あれか。今日こそ勝てたら、そろそろ解答権も使った方がよさそうだしね。ボクの菊花の正体予想は、無難に着物か、頭についている鈴かなと思ったんだけど」

「私もそれは考えてみたの……でもなんだか違う気がして。って、あの、ごめん。ただの勘なんだけど」

「いいよ。答えるのは君だ。玉緒の出す答えをボクも楽しみにしているよ」

それはそれでプレッシャーだなあと苦笑しつつ、玉緒は尾山神社に続く角を曲がろうとする。しかしマネとの会話に夢中になっていたせいか、正面から来た人とぶつかってしまった。

「いたっ……す、すみません！」

「……いや」

低い声が耳を打つ。顔を上げて、玉緒は無意識に「わ」と息をのんだ。

ぶつかった相手の男性が、和服姿のものすごい美丈夫だったのである。

齢は玉緒より上で二十代後半くらいか。シュッとした輪郭に、綺麗に通った鼻筋。顔は目つきが鋭く強面よりだが、それでも目が覚めるような美形だ。

少し襟足の伸びた黒髪をちょんと紐で括り、背の高いしっかりした体格に若草《わかくさ》色の着物と羽織を纏う姿は、たいそう似合って絵になっていた。通りすがりの女子高生たちが

「ね、あの着物の人カッコよかったね」「モデルさんみたいだった」と噂するレベルだ。

つい玉緒も見惚《みと》れかけていたが、なにやら男性に睨まれていることに遅れて気づく。

その迫力に、ひっと身が竦《すく》んだ。

「あ、あの、ぼんやりしていて、申し訳……っ」

「猫」

「え？」

「その猫、連れていると危ないぞ」

彼の視線は、玉緒の右肩……ぶつかった衝撃で肩からずり落ちかけている、マネへとたしかに向いていた。

「猫って……あ！」

目を白黒させる玉緒を置いて、彼はさっさと歩みだす。

引き止めるわけにもいかず、玉緒は遠ざかる着物の袖を見送った。うんしょと体勢を戻したマネに、呆けたように問いかける。

「今の人……マネのこと視えていたよね？」

「ん？　そうなのかい？」

肩から落ちないようにしがみついていたので、マネは男性のことを気にも留めていなかったと言う。

……真相を知りたくとも、確かめる術はない。

引っかかりを残しながらも、玉緒は歩みを再開する。鳥居を抜けて、いつものように石段を上ろうとしたが、すぐに下の段で佇む菊花の後ろ姿を見つけた。いつもは庭の方にいるのに珍しい。

「菊花ちゃん、待たせたならごめんね。……菊花ちゃん？」

玉緒が横に立って声をかけても、菊花からの反応はなかった。彼女は食い入るように石段の先を見上げており、そこで玉緒はやっと、神門を潜《くぐ》ろうとする着物姿の一行に目を留める。

列を成す先頭には、チラリと覗く清らかな白無垢《しろむく》。

「花嫁行列だね」

マネの呟きに、玉緒はやっぱりそうかと頷いた。玉緒の位置からは、新郎新婦の後ろ姿しか確認できないが、それでも特別な雰囲気が伝わってくる。鈍色《にびいろ》の空の下、厳かな神前式というのも金沢らしくて粋だ。周囲の関係者らしき人たちも、そうじゃない人たちも、しずしずと歩む行列を静かに眺めている。

ふと、菊花の様子を窺えば、ドキリとするほど優しく慈しむような瞳をしていた。

子供の姿にそぐわない、大人びた顔で花嫁行列を見守る菊花に、玉緒は話しかけるのを戸惑う。

行列が完全に門の向こうへと消えてから、おずおずと「菊花ちゃん」と名を呼べば、菊花はようやくこちらを向いた。

「あら、玉緒。いつからいたの?」

「少し前から……」

「幽霊のように立っていないで、声をかけてくれたらよかったのに」

あやかしからのまさかの幽霊扱いに、玉緒は曖昧に笑うしかできない。

すっかり大人の表情を引っ込めた菊花は、いつもどおりの小生意気な少女に戻っていた。

「それで、今日こそはなにか、私に勝てそうな算段は立ててきたの?」

「い、一応?」

「そう、楽しみだわ」

とりあえず場所を移しましょうかと、玉緒たちは連れだって境内の奥に移動した。人気の薄い東神門の辺りで木陰に入る。

東神門は、もとは金沢城に構えられていた唐門だ。たび重なる城を襲った火災にも負けず、残ったこの門には二匹の竜が彫られており、竜たちが水を呼んで火消しをしてくれたおかげだと言い伝えられている。

「実はね、今日は家から遊び道具を持ってきたの」

「遊び道具？　なにかしら？」

「ちょっと待ってね」

ごそごそと、玉緒は肩にかけたビジネスバッグを漁った。取り出したのはハギレででききたカラフルなお手玉だ。

金沢弁で言うと『おじゃみ』が計六つ。

おまけにフェルトでひとつずつ、犬や猫、うさぎの耳が取り付けられたアニマル仕様である。

「あら、可愛いじゃない。しかも手作りね。玉緒が作ったの？」

「ううん、菊花ちゃんと遊べるものがないかなって、押入れを探していたら段ボールから出てきたの。たぶん、私のお父さんが作ったものかな」

裁縫もお手のものな優一が作ったにしては、失敗作なのか少々縫い目が粗いが、だからこそ使われた跡もなくしまわれていたのだろう。段ボールには他にも、手作りのフェルトの人形や、下手な刺繍で「たまお」と名が施されたよだれ掛けなどが眠っていた。

おそらく、お手玉も含めてベビー用品だ。

「私が生まれる前に、お父さんが私のために作ってくれた試作品かな……って」

「ふーん、なるほどね。けどいいのかしら？　お手玉なんて玉緒はやったことあるの？　私の方が絶対に上手よ。また負けちゃうわよ、あなた」

玉緒の手からお手玉を三つ取った菊花は、慣れた調子で自在に操る。軽快な手の動きに合わせて、ぴょこぴょこと動物の耳が跳ねている。

「私も練習してきたから……！　三つもいけるよ」

玉緒も同じように、三つのお手玉を手から手へと回していく。ずっと練習に付き合ってくれていたマネは、「その調子だよ、玉緒」と、コーチのように尻尾でＯＫサインを作っている。菊花も「あら」と驚いていた。

「長く続けられた方が勝ち……とかどうかな？」

「乗ったわ、三本勝負ね！」

「それならボクはいつもどおり、審判役をさせてもらうよ」

生き生きとやる気を見せる菊花に、玉緒も気合いを入れる。

高らかなマネの合図のもと、玉緒と菊花のお手玉勝負は始まった。

「二勝一敗、やっと勝てた……！」

接戦でなんとか勝ちをもぎ取った玉緒は、張っていた緊張の糸を解き、お手玉を抱えて息をついた。

猫の手を挙げて、マネが「勝者、玉緒！」と宣言する。

「あーあ、悔しいわ。まさか玉緒にお手玉で負けるなんて」

菊花は唇を尖らせて、着物が汚れることも厭《いと》わず木の根もとに座り込む。ぷうっと頬を膨らませる様子も愛らしい。

玉緒もバッグを担ぎ直して膝を折り、その膝上にマネが飛び乗った。

「猛特訓の甲斐があったね、玉緒」

「失敗するたびに、ペン先の尻尾で背中を突《つつ》かれたからね……」

自分から戒《いまし》めに頼んだこととはいえ、あれは地味に痛かった。

「でも勝てたのは、このお手玉のおかげもあるよ。なんか最初から、すごく手に馴染むっていうか、使いやすくて」

「きっと玉緒のために作られたものだからさ。人が誰かのために作った物には、そこに願いが宿る。そのお手玉は君に遊んでほしかったんだろう」

つくも神が言うと説得力のある台詞に、玉緒は「願いかあ……」と、両手で抱えたお手玉に視線をやる。たまたま見つけただけの物だったが、これを選んで間違いはなかったということか。このお手玉なら勝てそう、と感じたことは確かだ。

マネの言葉に、菊花も「そうね」と同意する。

「私たちつくも神は、人が作って、人が大切にしてきたからこそ生まれた存在だわ。誰かを想って、強い願いを込めて作ったものなら、もらった方だって大事にするだろうし。……私も、そんな願いが込められてできた物だもの」

菊花の横顔にまた、あの大人びた表情が浮かぶ。玉緒はこの表情に似たものを、どこかで見たことがある気がした。

「……菊花ちゃんに込められた、〝願い〟ってなに？」

「んー、内緒。それを言ったら、〝ひんと〟じゃなくて〝答え〟になるもの」

「そ、それもそっか」

「でもお手玉の勝者は玉緒だし、約束どおり『ひんと』はあげるわよ。今日は気分がいいから、〝大さぁびす〟をしてあげる」

お手玉を玉緒に返して、菊花がちょいちょいと手招きをする。近づけば大事な秘め事を話すように、「私にはね、ふたつの役割があるの」と耳打ちされた。

「ふたつの役割……？」

「そう。物には決まった役割があるでしょ？　私はそのお手玉と同じ、もとは遊ぶための物だったけど、現在だとだいたい鑑賞品ね。〝いんてりあ〟とかに使われることが多いかしら。まあ……ほとんど蔵にいる今の私の役割は、なかなか解答してくれない玉緒をせっつくことだけど」

痛いところを突かれて「う」となる玉緒に、菊花は小悪魔のごとく、意地悪く口角をつり上げて立ち上がる。

人間と違って温度はないだろうが、白くたおやかな手がひらりと振られた。

「じゃあね、玉緒。ちゃんと私の正体を当てられたら、私に込められた願いも教えてあげるわ」

菊花と別れたあと。

玉緒は神社の正面から出るため、マネと来た道を歩んでいた。

「さっきもらったヒントは大きかったね。これでだいぶ絞れるんじゃないかい？」

「金沢に縁のある物で、遊び道具かつインテリア品、だね。帰ったら調べてみよう……あれ？」

神苑を横目に拝殿の正面まで来たところで、先程の花嫁行列の一行が集合写真を撮っていた。行列を見かけたときよりも、くだけた自由な雰囲気で集まっている。

「人間の結婚式は、趣向がいろいろあっておもしろいね」

肩に乗るマネに相槌を打ちつつ、玉緒は遠目で一行を眺める。

綺麗な白無垢の花嫁さんや、紋付羽織袴でカッコよく決めた花婿さんよりも、玉緒の目を惹いたのは、ハンカチを目に当てる五十代くらいの女性だった。ほっそりした体型に、人好きのしそうな顔立ちをしている。

花嫁さんの母親らしきその人は、ハンカチで目元を拭いながら、花嫁さんと顔を見合わせて泣いたり笑ったりと忙しい。

参列者はそんな母子を囲んで、わいわいと賑やかだ。

空は曇天でも、そこだけ陽だまりに包まれているような温かな光景が、玉緒の胸に小さく残った。

※

帰宅して真っ先に、玉緒は書斎を借りて、集まったヒントをもとにパソコンで菊花の正体らしき物を調べてみた。

花江のノートパソコンはさすがに起動も危うかったので、使用しているのは玉緒の所持品である中古パソコンだ。作業系は自室よりもなんとなく書斎が捗《はかど》るので、片付けが終わったあとも、玉緒は花江の書斎に頻繁に入り浸っている。

ひとまずウェブ検索を使い、『金沢』『インテリア』『遊び道具』など、いろいろとワードを試しに入れてみたのだが……。

「これっていうのがないかな……そもそも私、ネットの調べものって苦手なんだよね」

マウスを操作してウェブページを閉じ、ふうと溜息をつく。根本的な相性の問題か、玉緒は現代っ子のわりに、情報がバラバラと出てくるネットには探し難さを覚えてしまうタイプだった。

玉緒の調べものは可能な限り、昔から本や新聞などの紙媒体が主流だ。

「ねえ、マネ。今からでも図書館に行こうか。『金沢に縁のある物』っていう最初のヒントから絞って、郷土資料とか調べていくのはどう……マネ？」

定位置となってきた机の端で、マネは丸くなってすやすやと寝息を立てていた。猫らしく、マネは己の活動時間外はだいたい寝ている。その自由さは玉緒が羨ましく感じるほどだ。

疲れた人間が思う「猫になりたい」という願望がわかった気がする。マネの本体は万年筆だが。

「うーん、万年筆はボールペンに負けないよ……万年筆最強……」

「どんな寝言……私も休憩しようかな」

呆れつつ、凝った肩を解《ほぐ》しながら立ち上がる。そのとき背後から、ドサッとなにかが落ちたような鈍い音がした。

ビクリとして振り返ると、右の本棚の下に横たわる、一冊の分厚い本が視界に飛び込む。

「えっ、本棚から落ちたの？　しかもこれって」

玉緒が拾い上げたものは、今まさに欲していたこの地の郷土資料集だった。真ん中の段に隙間があるので、ここから落下したのか。なんの揺れもなかったのに？　と不自然さを感じつつも、資料を捲ってみる。

「おばあちゃんの本棚にこんなのあったんだ」

本の背が掠れてタイトルがほとんど読めないため、完全に見逃していた。飛び出てくれなかったら、膨大な本が収められた棚からは発見されなかっただろう。

とてもわかりやすく、これはかなり使えそうだった。

「まるで自分から読んでって出てきたみたい……」

なんて。

不思議現象に慣れすぎた自分の考えにちょっと笑って、玉緒はありがたく資料を使って調べものをやり直す。

苦手なウェブよりもサクサクと進んで、いくつか菊花の正体と思しきものをピックアップできた。あとはここから、さらに有力候補を選んでいくだけである。終わる頃にはマネも起きてきて、玉緒は一旦休憩でマネとリビングへ移動した。

食卓の椅子に座り、放置していたバッグの中身を片付けていく。玉緒の勝利にひと役買ったアニマルお手玉と、職場でもらった多種多様なお菓子たちで、食卓の上はどんどん雑多になっていった。

「こうして並べてみると、お菓子はかなりいっぱいだね」

「菊花ちゃんに渡し忘れちゃったからね……」

お菓子はおやつとして菊花にあげるつもりだったのに、すっかり失念していた。

猫らしい仕草で、マネが小包装の菓子に鼻を近づける。中田屋の創業八十周年記念に作られた、『八十歳《やそとせ》』という名のどら焼だ。餡と加賀棒茶の絶妙な風味が、しっとりと味わい深い一品である。

きんつばで有名な中田屋だが、刀の鍔《つば》を象った香ばしい『鍔もなか』や、加賀れんこんを使った羊羹で食感が楽しい『蓮根《はすね》しぐれ』など、他にも人気商品が多い。

「夕飯のあとにでも、優一と食べたらどうだい？　優一はスイーツ男子だから、いくらでも食べられるだろう」

「マネって語彙《ごい》力豊富だよね……」

しっかり俗世にも精通している。さすがは花江の持ち物である。

「なんだ、玉緒。もう帰っていたんだな」

噂をすれば、ラフな格好をした休日仕様の優一が、のんびりとリビングに入ってきた。彼は食卓の上に目を留めて、「どうしたんだ、それ」とびっくりしている。

「あ、この大量のお菓子は職場でもらったもので……」

「いや、そっちじゃなくて。そのお手玉だよ」

そこで玉緒は、父に言っていなかったことを思い出した。なんでお手玉がいるのかと聞かれたら返答に困るので、こっそり使っていたのだ。

「ご、ごめん。お父さんの作ったものだよね？　押入れで段ボールに入っているのを見つけて、その、可愛かったから出してみたの」

あせあせと玉緒が言い募ると、優一は特に疑問を抱かず、「そうか、懐かしいな」とお手玉をひとつ手に取った。

　そして、フッと柔らかく微笑む。

「でも違うぞ、これは俺が作ったものじゃない。結華《ゆいか》が作ったものだ」

「結華って……」

「――お前の母親だよ」

　今度は玉緒が驚く番だった。

　椅子に座ったまま目を見開いて、優一の顔とお手玉を見比べる。無意識に「お母さんが？」と呟きを落とした。

「お前がお腹にいる頃に、結華が熱心に作っていたもので……他にも人形やよだれ掛けなんかもあっただろう？　アイツは手芸が苦手だったから、俺が教えたんだ。生まれてくる子に……玉緒に使ってほしいって」

「で、でも、使われた跡なんて」

「それは結局、失敗作しか作れなかったからだ。捨てるのもなんだしと取っておいたんだが、結華は成功品を作ろうと試行錯誤していたんだぞ。……完成する前に、お前が生まれてすぐ、交通事故に遇《あ》って亡くなってしまったが」

　優一が切なげに瞳を揺らす。交通事故に遇ったことは知っていたが、こうしてちゃんと父の口から、己の母のことを聞くのは玉緒は初めてだった。

幼心に自然と、自分には母親なんていない存在だと思っていたし、あえて優一に聞くのも憚《はばか》られていた。まさかこんな形で、母の名前が出るとは思わなかった。

しかもお手玉を含め、あの段ボールの中身はすべて、母が自分のために作った物だったという。

「人が誰かのために作った物には、そこに願いが宿る」

そんなマネの言葉が、玉緒の脳裏を過った。

「……実は一度、その結華の手作り品のことを、玉緒に明かそうか迷ったことはあったんだ。覚えているか？　ほら、お前が幼稚園の年中さんだった頃。玩具を取り合って、お友達と喧嘩したことがあっただろう？」

覚えているに決まっている。

相手の子に怪我をさせて、優一が貶められてしまった、玉緒のトラウマとも言えるべき出来事だ。

「あのとき、お前が取り合った物が、年長組の子が家から持ってきていた〝お母さんが作ってくれたぬいぐるみ〟だって聞いて……玉緒もそういう、母親からのものが羨ましいというか、欲しいのかなって」

「え……」

少し気まずげに頬を掻く優一の発言で、玉緒は当時のことを鮮明に思い出した。

いつも遊んでくれる年長組のお姉さんが、玉緒も入れた年中組の女の子たちに、「私のお母さんが作ってくれたのよ」と大きなテディベアを見せびらかした。可愛い物に目がない年頃の女の子たちは、すぐにテディベアに群がった。

玉緒はさほどテディベアに興味はなかったが、たしかに優一の言うように、〝母親が子供のために作った物〟という響きに憧れを抱いたのだろう。貸してもらったそれをぎゅっと抱いていたら、他の子に横からひったくられ、ついムキになってしまって……。

「……そういえばそうだった、かも」

喧嘩に発展したあとのことばかり引きずっていたが、喧嘩に至るまでの過程はそうだった。優一はへにょりと眉を下げる。

「本当は伝えてやるべきだったんだろうな。玉緒にも、ちゃんと母親から残された物があるって。ただ結華は、失敗した物を子供には見せられないって頑なだったから……でも今さらだけど、これだけは言っておくよ」

お手玉を小さく撫でて、改まって優一は告げた。

「お前の母親は、お前の幸せを願ってこのお手玉たちを作ったんだ。もちろん俺も、その願いは一緒だぞ」

どこまでも優しく慈しむような眼差しは、小さな頃から変わらず、優一から玉緒に注がれていたものだ。もし結華がここにいたら、きっと同じ温かな色合いを瞳に灯していただろう。

そしてようやく、玉緒は悟った。

菊花が垣間見せた、あの大人びた顔と慈愛を宿す瞳。あれは、我が子を見守る親そのものだ。

「あはは、やっぱりこういうのは恥ずかしいな。お手玉を見ていたら、ついつい感傷的になって……そ、そろそろ、夕飯の準備をしてくるな。今日も玉緒の好きなハントンライスだぞ」

またハントンライス⁉　と突っ込む間もなく、優一は照れ臭そうに笑ってリビングから出ていった。静かになった室内で、去り際に優一が置いていったウサギ耳のお手玉を、玉緒はそっと手に取る。

「……ねえ、マネ。たぶん私、菊花ちゃんの正体がわかったよ」

「確信があるのかい？」

「うん」

ずっと食卓にお座りして沈黙を保っていたマネの問いに、玉緒はしっかりと頷く。

これしかないと思う物が、ピックアップした中でひとつだけあった。

マネは口端をにゃんと上げて、「次に菊花と会うときは答え合わせだね」と、ペン先の尻尾を楽しげに振った。

※

「それで？　私の正体がわかったって？」

出会った日を思い出す琴橋の真ん中で、玉緒は菊花と相対していた。玉緒の足元では、マネが黄金の瞳で事の成り行きを静観している。

空は茜差す夕暮れ時。

観光客の多い日曜日は避けて、玉緒は月曜日の仕事帰りに、いつものように菊花に会いに行った。いつもと違うのは、今日は遊ぶためではなく、いよいよ彼女と答え合わせをするためだ。

「うん。自信はけっこうあるよ」

「へえ、いいわね。玉緒にしては強気な発言。そうこなくっちゃ」

「……答えてみてもいいかな？」

「もちろんよ。言ってみて？」

菊花がおかっぱ頭を揺らして、可愛らしく口角を上げる。玉緒はひと呼吸して、見つけた答えを口にした。

「菊花ちゃんは……『手毬』。昔は子供たちの遊び道具で、今は主に飾って楽しむインテリア品。それも金沢に古くから伝えられてきた、伝統ある『加賀手毬』」

緊張に満ちた玉緒の声を攫《さら》うように、涼やかな秋風が吹き抜ける。

風は庭園の水面を揺らし、菊花の着物の袖を掬《すく》い上げた。数えて十二ある菊の花が、着物と同じ夕焼けの赤の中で、絢爛《けんらん》に咲き誇る。

菊花は一瞬だけ目を見開いたあと、小さく笑って告げた。

正解よ、と。

「まさか一発で当ててくるなんて、ちょっと驚いたわ。この前のひんとがわかりやすすぎたかしら？」

「あのヒントは大きかったけど……それより菊花ちゃんが、花嫁行列を見ているとき、子供を見守る親の表情をしていたから。加賀手毬に纏わる話を知って、確信が持てたの」

あの郷土資料に載っていたのだ。

金沢特有の『加賀手毬』は、両側に大きく菊をあしらったふたつ菊模様や、さらに凝った十二菊模様が定番で、振ると中の鈴がコロコロと鳴るのが特徴だ。

音が〝よく鳴る〟＝〝運が良くなる〟とかけられ、縁起がいいとされている。

鈴は近年で、昔は中に小石などが入れられていた。菊花の頭にもついている鈴は、つくも神として過ごすうちに、今風の形になったのかもしれない。

歴史を紐解けば、加賀手毬の始まりは慶長六年。わずか三歳で、前田利常公に嫁いできた幼い珠姫《たまひめ》様が、花嫁道具に持参したものが手毬だった。

「そこから城下にも広がっていって……金沢では娘が嫁入りする際に、母親が手縫いの毬を持たせる習慣ができたんだよね。親が子供のために、作って渡すものだって」

「そのとおりね、よく調べたじゃない」

菊花は「完敗」と息をつく。

「あなたの勝ちよ、玉緒。いんたびゅー？　だったかしら？　私の昔話でもする？　といっても、さすがに記憶が古すぎて、本体が作られた時期のことはおぼろげだけど」

「それでも大丈夫！　あ、待って、メモを取らなきゃ！」

急いで玉緒は、バッグからリング式のメモ帳と万年筆を取り出す。インタビューには必須のアイテムだ。

マネは「ようやくボクの出番だね」と目を光らせている。

「……お武家様への輿入《こしい》れだったかしら。時代が時代だったから、好き合った者同士じゃなくて、家同士の結婚ね。それでも私を作った母親は、娘のことを一心に想って、それは見事な私を完成させたの。ただひとつ、娘に幸せになってほしいって、強い〝願い〟を込めて」

菊花は自分が生まれた日を思い起こしているのか、遠い記憶に浸るように、スッと瞳を伏せる。

想いを乗せて糸を一針一針。
鮮やかな色彩を、時間をかけて少しずつ。
自分のもとから去る娘が困難に負けないように。
やがて繋がる新しい家族が健やかであるように。
あなたが、幸せであるように。

「その願いが私を通じて娘を守ったのか、娘の生涯は苦難はもちろんあれど、満たされたものだったと思うわ。最期にね、皺くちゃの手で優しく撫でられたことだけは、はっきり覚えているもの。持ち主が亡くなったあとも、作りがよかったこともあって、私は大切に保管され続けた」

「それで、長い時をかけてつくも神に……」

玉緒は万年筆を走らせながら、母が作ってくれたというお手玉のことを思い浮かべていた。語ってくれた優一の気恥ずかしげな顔も。

一方マネは、休まることなく動く玉緒の手元に感心している。速記は地味な玉緒の特技だ。前の会社で議事録制作のために鍛えられた技は、本人に自覚はないが、要点だけを正確に素早く書き取り、大切なことは決して漏らさない匠《たくみ》の域である。

「ねえ、玉緒。あなたになら、私を見てほしいわ。本体に会いに来てくれない？」

「菊花ちゃんの本体っていうと、手毬を……？」

「ついてきて」

十二の菊の花を靡かせて、菊花が小走りで駆ける。玉緒はメモと万年筆を慌ててしまい、マネと共に彼女のあとに続いた。

尾山神社を出て、人通りの少ない路地に入り、夕暮れに染まる住宅街へと。

菊花が生み出す涼やかな鈴の音を追っていると、なんだか体がふわふわして、玉緒は夢の中でも歩いている気分になった。マネの足音を辿ったときと似た感覚で、人間を誘い込む、あやかし特有の力でも働いているのかもしれない。

かなり歩いた気もすれば、ほんの数分だった気もする。

気がつけば、玉緒は一軒の大きな平屋の前にいた。

玉緒の家と同じ、改修された跡はあるものの、純和風の日本式家屋だ。敷地内に白漆喰の建物が見えるが、あれが菊花の本体がいる蔵だろうか。

「ここよ。さあ、家に入って」

「ま、待って！　入ってと言われてもさすがに知らない人の家に、いきなりお邪魔するのはちょっと……！」

「大丈夫よ、乙木花江の孫だって名乗れば。この家の人間と、花江は懇意にしていたから。快く歓迎してもらえるわ」

菊花に手を引かれ、玉緒は玄関口まで連れていかれた。チャイムを前に、オロオロと視線をさまよわせる。

いくら祖母とは懇意だとしても、見知らぬ家のチャイムを鳴らすのは、玉緒にはだいぶハードルが高い。祖母の知人の多さには、本当に舌を巻いてしまう。

「え、ええっと、まずおばあちゃんの孫だって名乗って……」

「えい」

「って、マネ⁉」

躊躇《ためら》いゼロなマネが、戸惑う玉緒の代わりに、尻尾をしならせてチャイムを押してしまった。

ピンポーンとレトロな音が響く。

「はい……どちら様でしょう？」

ほどなくして、細身の奥さんが引き戸から顔を出した。齢は五十代なかばくらいで、面長の顔立ちにお団子ヘアー。丸い瞳は人当たりがよさそうだ。

数度まばたきをして、それから玉緒は「あ」と閃いた。

目の前の女性に見覚えがあると思ったら、数日前の神社で見かけた、花嫁さんの母親だ。菊花ちゃんの家の人だったのかと、まじまじと見つめる。

「あの……？」

「あっ、すみません！　私は乙木花江の孫でして。こちらのお宅のかたと祖母が生前、お付き合いがあったと伺い……」

「花江さんの？」

菊花の言うように花江の名前を出すと、明らかに奥さんの警戒心が緩む。

「うちのお義母《かあ》さんと花江さんが仲良しだったのよ。読書会で知り合ったとかで……お葬式にも参列させてもらっていたわ」

アクティブな花江は、公共施設を借りて読書会や、依頼があれば講演会、ちょっとした小説講座のようなものも開いていた。そこを経由した繋がりだったようだ。

相手の態度が好意的になったところで、玉緒は手毬のことを聞いてみる。

「手毬？　ああ、そういえば、花江さんが家に遊びに来てくれたとき、お義母さんが蔵から引っ張り出して見せていたことがあったわね。相当歴史ある毬だとかで、花江さんが小説の参考にされるとかなんとか」

「突然訪ねてきて申し訳ないのですが、その手毬を少し見せて頂くことはできますか……？」

「お義母さんに聞いて探せば、すぐに見つかるとは思うけど」

どうしてそんなものを？　と言外に問われ、玉緒はしどろもどろになりながらも、それらしい理由を繕う。

「じ、実は祖母から、こちらのお宅にある手毬のことを聞かされていて。私もそういう、ええっと、地元ゆかりのものを調べているというか、なんというか……」

「あら、もしかしてあなたも作家さんなの？」

「そ、そんなところ、です」

微妙な嘘に内心では冷や汗だらだらだったが、気のいい奥さんは「まあ、すごい！そういうことなら少し待っていて」と勢いよく奥へと引っ込んだ。

『花江の孫』というパワーワードのおかげで、どうにか手毬を見せてもらえる流れになったようだ。

「お疲れさま、玉緒。でも君に訪問販売とかは難しそうだね」

「宅配業者でもチャイムを押せないかもしれないわね」

「職業選択の参考にします……」

マネと菊花の軽口に、玉緒は「うう」と肩を落とす。遥か頭上では、カラスが細く鳴いて赤い空を渡っていく。

蔵を探すのに手間取っているのか、なかなか戻らない奥さんをおとなしく待っていると、やっと戸が再び開いた。

「……子供？」

しかし現れたのは奥さんではなく、五、六歳ほどの、菊花の見た目よりも幼い女の子だった。体の半分を戸に隠し、くりくりのどんぐり目でじっと玉緒を見上げてくる。

無垢な瞳で「あなたはだあれ？」と尋ねられている気がして、玉緒は怖がらせないようになにか声をかけようとするが、その前にパタパタとスリッパの音を立てて、女の子の後ろから奥さんが現れる。

「こらっ、まなちゃん！　お部屋にいなさいって言ったでしょ！　裸足で玄関に出ちゃダメよ！」

まなちゃんと呼ばれた女の子は、ビクンッと打ち上げられた魚のように肩を跳ねさせて、一目散に家の中へと逃げていった。ツインテールの頭が遠ざかる。

もうっと息をついて、奥さんは玉緒に向き合う。その両手には、正方形の桐箱が抱えられていた。

「お待たせしてごめんなさいね。蔵の鍵をどこにしまったか忘れちゃって。毬の箱はすぐ見つかったんだけど」

「いえ、こちらが急にお邪魔したので。……先ほどのお子さんはお孫さんですか？」

「そうよ、一緒に住んでいる息子夫婦の子。共働きだから、この時間に人の気配がすると、お父さんたちが帰ってきたって思うんでしょうね。それに最近、遊び相手がひとり減って寂しいみたいで」

奥さんはチラリと、女の子の去った方に視線を向ける。

「前は下の娘も一緒に住んでいて、まなちゃんと遊んであげていたんだけど……つい最近、結婚して家を出たの。一昨日、尾山神社で結婚式もしたのよ」

私も見ていましたと心の中で付け足しながら、玉緒は「そうなんですね、おめでとうございます」と祝辞を述べた。寂しいのは奥さんも一緒なのか、彼女は家を出た娘のことを進んで語る。

「無事にいい人が見つかってよかったわ。真面目な上の息子とは違って、二十代後半にもなって、休日は家でごろごろゲーム三昧のだらしない娘だったから。仕事がない日はまなちゃんとゲームをするか、ひとりでスマホのゲームを延々とするかだったのよ？」

「ソシャゲは……ハマりやすいですからね」

菊花の現代知識の仕入れ先は、どうもその娘さんだったらしい。

「いえ、だからってなにもね、私も早く結婚しろとか急かしたわけじゃないのよ？　こんなご時世だから、こうすべきなんて強制するつもりもないし。娘にしても息子にしても、どんな選択をしてもいいから、ちゃんと自分の選んだ道で幸せに生きてくれたら、親の私は満足だわ」

「……私の親も、似たようなことを言っていました」

「ふふっ、いい親御さんね。ああ、無駄話をしてしまってごめんなさい。手毬ってこれでいいのよね？」

　奥さんが蓋を開ければ、古い物の独特な匂いが鼻孔をついた。玉緒は許可を取って、慎重に中身を持ち上げてみる。毬のサイズはちょうど玉緒の両手に収まるくらいで、褪せてはいるが保存状態はいい。

　赤地に大きくかがられた多色の菊模様は、時が経っても見る者の心を惹きつける。

「すてきでしょう？　私」

「……うん」

　いつの間にか、菊花は奥さんの隣に移動していた。奥さんにはその存在はまったく見えていないが、手毬と同じ柄の着物を着て、誇らしげに胸を張っている。

　ここの家に繋がる人間を、二百年以上も見えないところで見守っていたのは、手元にあるこの手毬……菊花だ。玉緒は労わりの気持ちも込めて、ゆっくりと手毬を撫でた。小さな手でおかっぱ頭を押さえて、菊花は照れたようにはにかむ。

　玉緒は奥さんの方に向き直り、彼女の持つ桐箱に手毬をそっと収めた。

「ありがとうございます。こちら、お返しします」

「あら、もういいの？」

「はい……知りたいことは、知れた気がしますので」

玉緒は今ここにきて、心から菊花の物語を書いてあげたくなった。花江のように原稿用紙を広げて、インクを溜めた万年筆を手に取って。うまい文章なんて書ける自信はないけれど、自分が手毬のつくも神の話を書くのなら、きっと優しい母子の物語になるだろう。

——花江がしたかったことは、もしかしたらこれなのかもしれない。

ずっと人間に寄り添ってきた、だけどその存在を人間には知られない、物に宿る心あるつくも神たち。

彼等のことを、文字にして起こし、誰でも触れられる形にして、たとえ見えなくてもここにいるよと、花江はもっと彼等の代わりに人に伝えたかった。また同じつくも神に読ませることで、自分以外の仲間のことも教えてあげたかったのかもしれない。

その考えを汲み取って肯定するように、マネがにゃあと鳴く。

玉緒はもう一度、奥さんに深々と頭を下げてお礼を述べた。それから、長居してもただでさえ急な訪問で迷惑だろうと、頃合いを見て立ち去ろうとする。だけどその前に、奥さんの方が「実は」と口を開いた。

「あの蔵ね、近々取り壊そうかって話が出ているの。場所を取るし、維持だって大変なのよ。中の物は売るか捨てるか、物によっては博物館にでも寄贈しようかって」

「えっ……！」

「ああでも、この毬は手放すつもりはないのよ。お義母さんが、ご先祖様が大事にしてきたものだって言っていたから。こうしてあなたみたいに見に来てくれる人もいるしね」

それならよかった……とホッとする玉緒に対し、菊花は動揺することもなく平然としている。蔵の取り壊しの話はもとから知っていたのだろう。それにたとえ本体が捨てられることになっても、彼女はべつにかまわないようだった。

「私はもう十分、人の世で生きたもの。これからどうなろうと文句なんてないわ。ここまで大事にされてきたなら、物冥利《みょうり》に尽きるってものよ」

そうあっさりと言ってのけ、とびきり可愛らしく微笑んでみせる。

「ただもう少しここにいられるなら、また遊びましょうね、玉緒」

その言葉に、玉緒は黙したまま頷いて、今度こそ家を後にしたのだった。

「ねえ、マネ。当たり前のことかもしれないけど……つくも神にも、〝終わり〟ってあるんだね」

スマホのナビを使って路地を抜け、バス停を目指して百万石通りを歩く。空模様は赤に紫が溶けはじめ、金沢の街を夜で覆う準備をしている。

金沢一の繁華街である片町《かたまち》エリアなどは、今の時間帯からが本番だ。お店の数は全国でも指折りで、名立たる飲食店や居酒屋が店を開けだす。

下りだした夜の帳《とばり》の向こうに、ポツリと落ちた玉緒の呟きに、マネは肩の上から「そうだね」と返した。

「つくも神だって、物としての寿命を迎えれば終わりさ。本体が修復不可能なほど壊れたり、人間にもういらないと捨てられたりすれば、ボクたちの存在はこの世から消える。だけどそのときが来ても、人間の君が気に病む必要はないよ。菊花も言っていたように、十分に大事にされてきた物の最期なら、ボクらは快く受け入れる」

「……マネのこと、私はちゃんと大事にするよ。大切な物はもう、間違って捨てたりなんかしないから」

玉緒はもう二度と、花江の形見だったポーチのように、大切な物を後悔と共に手放すことはしたくなかった。

トンと、その決意をあと押しするように、誰かに背をやんわり押された気もするが、後ろには誰もいなかったので気のせいだろう。

「菊花ちゃんにだってまた会いに行くし、あなたたちの物語も……私が書くよ」

「期待しているよ。そうしてくれたら、物だけじゃない、物に込められた人間の願いだって、ボクたちが消えてもずっと繋がれる」

「……うん」

小さく首肯し、着いた南町のバス停で時刻表を確認する。駅に向かうバスはもうじき来そうだった。

また実はこの辺りには、珍しい手毬の専門店『毬屋』がある。菊花と同じ手縫いの毬たちが店内を彩り、お祝いや節句の品などに向いたミニ手毬や、毬を加工した根付なども販売されている。同じく金沢に古くから伝わる『加賀ゆびぬき』も扱っており、金沢の街を訪れるなら一度は立ち寄りたいお店だ。

玉緒は通り過ぎる車の流れを眺めながら、菊花の子を見る親の表情を思い出す。

少し……どころではなくだいぶ恥ずかしいが、もし菊花の物語をきちんと小説に仕上げられたら、菊花自身だけではなく、あの菊花が守ってきた家の人たちにも、読んでもらえたらいいなと感じた。

少しでも、菊花のことを知ってもらうために。

自分の小説を公開するなんて、もうだいぶ、だいぶ恥ずかしいけれど。

「急に深刻な顔をしてどうしたんだい、玉緒？　お腹でも空いたかい」

「ちょっと羞恥心との葛藤が……たしかにそろそろお腹も空いてきたけど」

「きっと帰ったら優一が夕飯の用意をしているよ。ほら、あれ。ハントンライス」

「三度目のハントンライス……」

好きだけどねと笑って、玉緒はやってきたバスに乗り込んだ。そういえばハントンライスを好きだと言ったのは、ずいぶんと昔のことだったと思うが、優一は娘の好物をずっと覚えていたのだなと、今さらながらに思った。

今日の夕飯は親子で顔を合わせながら、あまり聞いたことのなかった母の思い出話でも、玉緒から尋ねて聞かせてもらってもいいかもしれない。

「……けっこう、楽しみかも」

そんな呟きを落とすと同時に、バスはゆっくりと、夜に染まる金沢の街を走り出した。

※

「お母さん、お父さん、お帰りなさい！　あ、おばさんたちもいる！」

まなちゃんこと愛佳《まなか》は、玄関でパッと顔を輝かせた。

先程玄関に出たときは、お父さんたちだと思ったら知らないお姉さんがいて驚いたが、今度こそ待ちわびた両親だ。仕事帰りに一緒になったのか、ふたりが揃って帰ってきてくれたことも嬉しい。

しかも、最近お家から出ていってしまったおばさんに、おばさんの旦那さんまでいる。なにやら大所帯である。

「まなちゃん、いい子にしていた？　なんかノリで、今日はこっちでお夕飯を食べることになってさ。またあとでゲームしようね」

「俺までお邪魔してすみません」

おばさんとその旦那さんが、愛佳の両親に続いて家に上がる。おおばあちゃんや、おばあちゃんにおじいちゃんも来て、畳の敷かれた客間は人でいっぱいだ。賑やかな雰囲気に、楽しくなった愛佳はにこにこと笑顔を絶やさない。

「あれ？」

そんな家族の輪の中に、知らない着物の女の子が交ざっているように見えて、愛佳は「ううん？」と首を捻った。

菊柄の赤い着物を纏う少女は、まばたきの合間に消えてしまったが、なんだか愛佳と同じくらい楽しそうな顔をしていたように思う。

「んー……？」

だけど見間違えだったのか、いくら部屋中を探しても、もう女の子は見つけられなかった。その代わり見つけたのは、おばあちゃんが「あとで片付けましょう」と部屋の隅に置いていった、大きなサイコロのような桐箱だ。

好奇心で蓋に手をかける。しかし開ける手前で、お母さんに名前を呼ばれて、愛佳の意識はそちらに向いた。蓋は開けられることなく、愛佳は「はーい！」と元気よく返事をして、母のもとへと走っていった。

その背を見送るように、鈴音と笑い声が人知れず密やかに響く。

親が子を想うように。

私は形ある限り、ここでずっとあなたたちを見守っているから。

どんなときだって、あなたの幸福を願う存在がいることを……どうか、忘れないで。

三章

路地裏の古書店

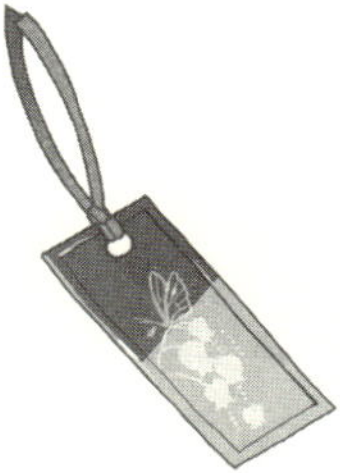

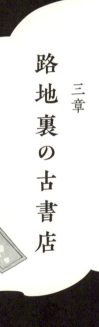

「あーおいしかった。付き合ってくれてサンキュ。雑誌で見て気になっていたカフェ、来れてよかったわ。和スイーツ最高！」

「こっちこそ誘ってくれてありがとう、ちづ姉。茶屋《ちゃや》街《がい》の町家カフェなんて、地元でもそんなに行く機会ないから新鮮だったよ」

暦は変わって、街の木々も色づく十月。

久方ぶりの貴重な秋晴れの空の下、玉緒は千鶴と並んで、石畳と出格子が広がる古風な街並みを歩いていた。

木虫籠《きむすこ》とも呼ばれるこの出格子は、窓の外に付けられる格子のことで、内側からは外が見えるのに、外からは内側が覗きにくい工夫がされている。ここ、『ひがし茶屋街』の風情ある特徴のひとつだ。

金沢にはレトロ感漂う茶屋街が三つあるが、中でもひがし茶屋街は規模が大きく、お土産《みやげ》にぴったりな雑貨や工芸品を扱うお店、食事処や和カフェが充実している。ほんのり灯りが灯る頃には、華やかな芸妓さんの姿も見え、どこからともなく太鼓や三味線の音色が漏れ聞こえる、人気の観光スポットである。

そんな茶屋街に、平日の仕事休みがかぶったため、玉緒は千鶴のお誘いで昼頃から遊びに来ていた。

「次は『箔一《はくいち》』の『金箔のかがやきソフトクリーム』とかどう？　ぺらって、ソフトクリームに金箔を一枚丸ごと張り付けるの。食べてみたくない？」

「ああ、あの贅沢なやつだね。でもちづ姉、またデザート……」

「甘いものはいくらでも食べられるのが、金沢女子だから」

Vサインを向けられ、玉緒は苦笑する。

本日もシンプルなTシャツにタイトパンツ、長い髪を無造作に括ったシンプルなスタイルな千鶴は、男前な性格に反して無類の甘いもの好きだ。

イケメンな言動が多いため、介護の職場ではおばあちゃんがたに『千様《せんさま》』ともて囃《はや》されているが、実は少女趣味なことも玉緒は知っている。可愛い物が大好きで、先程もカフェに飾られていたウサギの小物に目を奪われていた。

昔から心許した者にしか明かさない趣味なので、今日のように羽を伸ばしているときは、玉緒は千鶴の好きなところへお供することに決めている。

「私も食べてみたいな、金箔ソフト」と同意し、ふたりで唇を金ピカにして楽しんだ。

金沢は日本の金箔生産量のほぼ全体を占め、さまざまな工芸品のみならず寺社仏閣にも金沢箔は用いられている。湿度の高い気候や職人気質な県民性が、金箔製造に適していたとか。

『箔一』はそんな金沢箔を身近に感じられるよう、さまざまな事業を展開している石川の企業だ。金箔のかがやきソフトクリーム以外にも、工芸品、食用金箔、金箔化粧品、建築など、広い分野で活躍している。

そのあとも千鶴の希望で何軒かお店に立ち寄って、ふたりは茶屋街を満喫した。そろそろ香林坊《こうりんぼう》・片町の方に移動して、カラオケにでも行こうか……となったところで、本通りを外れた路地裏を進んでいたら、玉緒は不意に後ろから、服の裾をくいっと引っ張られた。

「えっ？」

しかし、立ち止まって振り向いても誰もいない。

自分の黒い影が伸びているだけだ。

「どうしたの？　なんかあった？」

「う、ううん」

菊花の家から帰る途中も、たしかこんなことあったな。

そう思って違和感を抱きつつも、玉緒は千鶴に「なんでもないよ」と首を振った。そこでちょうど、一軒の店前で足を止めていたことに気づく。

「……『多々見《たたみ》古書店』？」

古めかしい町屋の店舗には、格子戸の横の木造看板に、白抜きの縦字でそう書かれていた。店前のワゴンには本が敷き詰められ、セールの貼り紙が風にはためいている。戸は開いていて、ところ狭しと並ぶ書架には、さらに無数の本たちが見えた。

種類に富んだ背表紙が列を成す様は、花江の書斎とも重なる。

古本が織りなすセピア色の空間は、本好きには惹かれるものがあった。

「へえ、古本屋？　玉緒、読書家だもんね。ちょっと入ってみる？」

「あ……私はどっちでも。ちづ姉が入りたかったら」

「はい、イエローカード」

「イ、イエローカード？」

いきなり千鶴に突きつけられた違反サインに、玉緒はたじろぐ。

「駅に迎えに行ったときもそうだったけど、私相手に変な遠慮するなって。こっちの行きたいとこ付き合ってもらったんだし、次は玉緒の行きたいとこも行けばいいじゃん。今後は遠慮発言禁止ね。もうイエローカード二枚だから、次にしたら退場！」

「退場って、どこに退場すれば……」

「細かいことはいいげんて！　この店、入りたいがん？　入りたくないがん？」

「は、入りたいです」

ほんなら行くよ！　と方言で勇んで、千鶴は店内へとずんずん入っていく。この従姉には敵わないなあと、玉緒も彼女のあとに続いた。

小さな灯りと、自然光がぼんやり差し込むくらいで、薄暗い店の中。通路は人がふたり横に並べばいっぱいで、本棚は天井まで高くそびえ立っている。

主に文学作品や歴史書などが目につくが、写真集や専門書、コミックなどの棚もある。聞き覚えのない文庫レーベルの名前もちらほらあり、すでに廃刊になったものだろう。貴重な本が眠る息遣いが聞こえてきそうで、玉緒の胸は高鳴った。

「せっかくだから、いいのがあれば何冊か買おうかな。私はこっちの棚を見ているから、玉緒も好きなとこ見てなよ」

入り口付近の棚前で千鶴は足を止め、真剣な目で物色を始めた。彼女も玉緒ほどではないにしろ、介護施設でご年配のかたとの話題作りも兼ねて、読書は嗜む方だ。ジャンルはなんでも読むが、特にベタ甘な恋愛小説を隠れて愛読している。

玉緒は店内全体を見て回りたかったので、いったん千鶴と別れて奥に向かった。客は自分たち以外いないようで、物音ひとつ聞こえない。

しかしカウンター付近まで来て、高く積まれた本の塔の陰に、店員らしき青年の姿を見つけてギクリとする。普通に考えれば店の人くらいいるだろうが、本に意識を取られていたため不意を突かれた。

青年はカウンターの向こうで椅子に腰かけ、客にも気づかず黙々と文庫本を読んでいる。

「あの人って……もしかして」

しかもその青年は、よくよく見てみると覚えがあった。端整な顔立ちに、鋭い目つき。若草色の着物に、襟足をちょんと結んだ髪。

間違いない、尾山神社に行く途中、ぶつかったことのあるあの青年だ。

今日はそのときと違い、読書中のためかノンフレームの眼鏡をかけているが、こんな目立つ男前そうそういないだろう。落ち着いた和装姿は古書店の雰囲気と嚙み合って、この場を支配している貫禄さえある。

店員ではなく店主かもしれない。

「ん……客か」

ようやく顔を上げた青年が、眼鏡を外して会釈する。あちらは玉緒のことは覚えていないらしい。

お世辞にも愛想がいいとは言えず、恐々としながら玉緒も会釈を返す。

その際、彼の読んでいる本に視線が吸い寄せられた。

「おばあちゃんの本……」

おどろおどろしい表紙のそれは、『妖魔《ようま》の花』シリーズといって、花江の二作品目にして一番の長編作だ。怪奇の絡む残酷な事件を、異能を持つ巻き込まれ系主人公が成り行きで解決していく、ダークテイストな現代ミステリーである。登場人物は花の名前になぞらえられ、また花江の作品らしくあやかし的な要素が強い。

もちろん玉緒は繰り返し読んでいるし、シリーズ全巻が花江の書斎にも並んでいる。

「おばあちゃん……？」

「あ、すみません！」

思わず出た玉緒の呟きは、青年に拾われてしまった。

訝しげな目を向けられ、玉緒は逃げるように顔を背ける。小心者の玉緒には、この男前だが無愛想な青年が、ぶつかったときからちょっと怖い。

そそくさUターンしようとするが、その前にしくしくしく……と、幼子がすすり泣くような声が耳を掠めた。

「え……」

他にも客がいたのか。だけどそう広くない店内で見かけなかったし、誰かが新しく入ってきた気配もない。

延々と聞こえる泣き声に玉緒が困惑していると、青年が不機嫌そうに「またか」と舌を打った。玉緒は飛び上がらんばかりにビビる。

「ああ……悪い。気にしないでください」

「は、はい……あの、この泣き声って」

「聞こえるのか？」

青年が目を見開き、本を置いて立ち上がった。羽織を揺らしてカウンターから出てきたかと思えば、ずいっと玉緒のそばまで歩み寄ってくる。

見上げるほど背が高いため、威圧感がすごい。

「さっきもあの本を、おばあちゃんのって言ったよな？　それにこの泣き声が聞こえたって。ん？　そういえばお前どこかで……」

客に対してずいぶんな態度だが、そんなことを玉緒が指摘できるはずもない。綺麗な顔を近づけられたところで、内心はすでに大パニックだ。

はたから見れば迫られているようにさえ映る。なにこの状況!?　と、だらだら冷や汗が止まらない。

「お前やっぱり、あのとき化け猫を連れていた……」

「誰が化け猫だい」

玉緒が肩にかけているトートバッグから、ぴょこんっと三角の黒耳が飛び出す。

実はずっと、バッグの中で万年筆と共に眠っていたマネである。

「うん、よく寝た。おはよう、玉緒」

「マ、マネ……」

玉緒と千鶴が遊んでいる間、ずっと熟睡していた彼は、まさかのタイミングで起きてきたようだ。

青年はその鋭利な瞳で、じっとマネを凝視する。

「……お前、コイツが視えているんだよな?」

「はい。あ、あなたもですよね?」

「視えているなら、なんでこんな化け猫を連れている。周りに視えていないからって、あやかしなんか連れていたら危ねえって忠告してやったのに」

ぶつかったときに言われた「その猫、連れていると危ないぞ」というひと言は、そういう意味だったのかと玉緒は合点がいった。

彼はどうやら、花江と同じあやかしが視える人間で、玉緒が悪い化け猫にとり憑かれていると思っているらしい。

「さっきから化け猫、化け猫って。出会い頭の玉緒といい、ボクを化け猫扱いするのが、君たち人間のトレンドなのかい。それにしても、なんだか見覚えがあるね、君。まさか鷹雄《たかお》の孫かい？」

「じいさんを知っているのか⁉」

青年は目を見開いてマネに食ってかかるが、起き抜けでもマイペースなマネは、「おや、微かだけど、ここには同類の気配もするね」と周囲をきょろきょろ見渡している。

玉緒ひとりがなにがなんだかわからずもう帰りたかった。

そこで、後ろから救世主の声がかかる。

「あ、いたいた、玉緒。買いたい本があるんだけど、お会計ってどこ？　あれ、その人は店員さん？」

書架の後ろから顔を出した千鶴が、何冊か本を手に、場違いなほど明るい声をかけた。いまだ続く泣き声は、千鶴には一切聞こえていないようだ。

これ幸いと、玉緒は青年に勢いよく頭を下げ、踵を返して逃走する。

すれ違い様、千鶴に外で待っている旨を伝えて店を出た。「あ、おい！」と青年は後ろから声を上げたが、追ってくることはなく、彼の方もここは本を買う客の相手を優先したみたいだ。

新鮮な空気を肺に取り入れて、玉緒は深く息を吐き出す。

「はあ……なんかドッと疲れた」

「玉緒の苦手なタイプだしね、あの鷹雄の孫は。イケメンだけど圧を醸し出す感じで」

「……あの人とも、マネやおばあちゃんは知り合いなの？　それに同類って言っていたけど、あそこにもつくも神がいるってことだよね。私が聞いた泣き声って……」

「そこまでにしておこうか。詳しい話はあとで。千鶴が戻ってくるよ」

玉緒は口を閉じ、マネも再びバッグの中に引っ込んだ。

それからしばらくして、本が入ったビニール袋を携えた千鶴が、軽快な足取りで出てくる。

「お待たせ。あの見た目和服ヤンキーな店員さん、愛想はないけど対応は悪くなかったかな。なんか話していたみたいだけど、玉緒はなにも買わなくてよかったの？」

「私は欲しい本が特になかったから……ちづ姉はなにを買ったの？」

「これとこれとこれ」

千鶴は袋を開けて、中身を玉緒に見せる。表紙の傷みや小口ヤケなどはあるものの、本自体はどれも比較的新しい。古書店には信じられない高値の本も潜んでいるが、こちらは値段もお手頃だったようだ。

「泉鏡花《いずみきょうか》、徳田《とくだ》秋聲《しゅうせい》、室生《むろお》犀星《さいせい》……金沢三文豪の作品だね」

金沢には三人の著名な作家がいて、合わせて『三文豪』と称されている。それぞれ記念館も立っているので、今のような読書の秋は、ゆっくりと文豪めぐりをするのも乙かもしれない。

「今度さ、金沢で活動中の朗読倶楽部が、うちの施設で出張朗読会を開くの。三文豪の作品を読むっていうから、私も試しに読んでおこうかなって。文語体のには苦戦しそうだけど、たまにはいいでしょ」

「朗読かあ……すてきだね」

「玉緒も聞きに来る？　一般開放で参加は誰でもＯＫだし。むしろ朗読する側に興味あるなら、倶楽部メンバーも募集中みたいよ。年齢層高めだから、若い子欲しいって」

「聞きには行きたいけど、人前で披露する度胸はないかな……」

己の肝っ玉の小ささは、玉緒は先程思い知らされた後だ。とりあえず朗読会については、またあらためて千鶴からお知らせをもらうことになった。

歩みだす千鶴の一歩後ろで、玉緒はほんの暫し、時を止めたようにひっそり佇む古書店を眺める。

あのとき聞いた悲しげな泣き声が、また書架の隙間から聞こえてくる気がした。

千鶴が明日は早朝から仕事ということで、カラオケは長居せずお開きになった。夕飯も軽くカラオケのルームサービスで済ませ、玉緒は千鶴に車で送ってもらい帰宅した。

「えっとつまり、あの古書店はもともとおばあちゃんの行きつけで、前店主の多々見鷹雄さんとは茶飲み友達だった……と」

「花江が店に通ううちに仲良くなってね。お互い空いた日は、ひがし茶屋街の茶房で、甘味に舌鼓を打ちながら雑談に興じていたよ。おもしろかった本の話とか、お互いの孫の自慢話とか。あの辺の店にも、花江の知り合いは多いよ」

「さすがおばあちゃん……顔広すぎ」

現在、時刻は深夜。日付が変わろうというところ。

もうお風呂も済ませて就寝前であり、玉緒は青無地の長袖パジャマに着替え、自室のベッドに腰かけて、例の古書店での諸々をマネに聞いていた。

玉緒の部屋はベッドを除くと、小学生から使っていた学習机にクローゼット、あとは小さな本棚があるだけで、特段目立ったものはない。彼女の性格を表す控えめな空間だ。それでも帰って寝るだけだった東京のワンルームマンションに比べると、生活の跡が窺える。

枕の上を陣取ったマネが、懐かしむように金の瞳を細める。

「あの目つきの悪い和服の彼は、鷹雄の孫だね。ボクが知る頃はまだ小学生だったかな。おじいちゃん子で古書店によく遊びに来ていて、今は跡を継いだんだろう。鷹雄にそういう力はなかったけど、孫の方は昔から〝視える〟子でね。同じく視える花江にもとても懐いていたんだよ。ボクは寝ているか隠れていたから、あっちはボクの存在を知らなかったみたいだけど」

それであの化け猫扱いかと、玉緒は納得する。そして花江のように、人ならざるものが視える人間は、案外身近にいるものなんだなと思った。

「あとついでに言うなら、彼は超がつくほど、花江の作品の大ファンでもある」

「だ、大ファン……？」

「現在はどうか知らないけどね。少なくとも昔は、まだ年齢的に読むには難しい花江の作品でも、全部ばっちり読み込んで、サインもねだる筋金入りだったよ」

「……たぶんそれ、今でもあんまり変わってなさそうな気がするよ」

花江の文庫本をカウンターに置くときも、彼の動作はやたら丁寧だった。大好きなおばあちゃんの作品を愛してくれているのは、玉緒としても素直に嬉しい。できるなら花江作品について共に語りたいくらいだ。

……あの迫力満点の鋭利な眼差しが甦ると、そんな気持ちも穴の空いた風船のようにしぼむけど。

「それと、あそこにはつくも神がいるよ。君が聞いたという泣き声は、確実にそのつくも神のものだろうね。菊花より力はだいぶ弱いし、どんな物かもまだわからないけど、会いにいく価値はあるんじゃないかな」

「うん……なんで泣いていたのかとかも気になるし、会いに行くつもりではいるよ」

見つけたからには対面しておきたい。取材相手になりそうならなおさらだ。

「古書店の中にいるなら、ボクらが視える鷹雄の孫にも、今回は協力してもらえば手っ取り早そうだしね」

「……やっぱりそうなるよね」

流れ的に、否が応でもまた彼に関わる必要がある。若干だが苦手意識を持ってしまった玉緒は、ううと頭を抱えるが、マネは呑気に「大丈夫、大丈夫」とペン先の尻尾を揺らめかす。

「取って食われるわけじゃあるまいし。なかなかのイケメンに成長した好青年だったじゃないか。たぶんあの格好も、年中和装だった鷹雄の趣味を受け継いでいるね。ほら、見た目も中身も、お年寄りと本を大切にする好青年だろう」

「好青年、なのかなあ」

たしかにあの凶悪な目つきを差し引いても、一般的に見れば容姿はすこぶる整っている。和装もきまっているし、千鶴曰く、客への対応も悪くはなかったらしい。

でも好青年はなにか違うと、玉緒は突っ込みたかった。

「好青年っていうのは……もっとこう」

思い浮かべるのは、玉緒の知人であるひとりの男性だ。白い歯を見せて爽やかに笑う〝彼〟の方が、いかにも好青年だと玉緒は感じる。

「まあ好青年判定はどっちでもいいけど」

「マネが言いだしたのに……」

「うまくすれば今後の協力者もゲットだよ。頑張れ、玉緒」

マネのゆるい激励に力なく頷いて、玉緒は次の休みにまたあの古書店に向かうことに決めた。こういうのは先延ばしにするとどんどん行けなくなる。

「そろそろ寝ようか……おやすみ、マネ」

「おやすみ、玉緒」

部屋の灯りを落としてベッドに潜り込む。

マネの黒い肢体は、闇に溶けるとあっという間に輪郭がわからなくなった。

静寂に包まれた真っ暗な室内で、玉緒は天井を仰ぎながら、花江のファンだという彼のことを頭に浮かべる。

自分が花江の孫だと告げたら、彼はなんと思うだろうか。

「……本当に大丈夫かなあ」

不安に満ちたひとり言に返事はなく、しかたなく玉緒は目をつぶった。

※

それから三日後。

玉緒は仕事が終わった夕方に、ビジネスバッグにまたもやマネを潜ませて、再びひがし茶屋街を訪れていた。今日の金沢は小雨で、朝からずっと細い水の線が空から垂れ下がっている。

「ひがし茶屋街は、雨だとより風情が出るね。玉緒も着物に和傘を差して歩けば、風景にピタッとハマりそうなのに」

「ごめんね、安物シャツにビニール傘で……」

小声の会話と雨音を弾ませて歩き、例の古書店に辿り着く。雨のために店前の販売ワゴンは片付けられ、今日は店の戸も閉じていた。休業日ではないはずなので、店自体は営業中のようだ。

傘を閉じて水気をはらい、ワゴンの代わりに置かれている陶器の傘立てに入れる。それから呼吸を整えて、玉緒はしずしずと店内に入った。

「……お前」

「こ、こんにちは」

青年はお馴染みになった若草色の着物を着て、カウンターの向こうで、端に鎮座する旧式のパソコンを操作していた。またも客がおらず、経営は大丈夫なのかなと玉緒は要らぬ心配をしたが、最近の古書店はネット通販が主流なところも多いと聞くので、ここもそうなのかもしれない。

鋭い目に見上げられてビクつきながらも、玉緒は必死で話を切り出す。

「あの、この前はお話の途中で立ち去ってすみませんでした。またここに来たのは、その……」

「……ひとまず俺の質問に答えろ。お前は花江さんの孫なのか？」

「は、はい。乙木花江は私の祖母です」

やっぱりそうか！　と、青年は急に勢いよく立ち上がる。

ここに来るまでにいっぱい脳内シミュレーションをしたのに、本人を前にして萎縮する玉緒に容赦なく、青年は弾丸のように質問を浴びせてくる。

「なんで花江さんの孫がまたここに来た？　お前も視える人間なら、どうして化け猫なんかと親しくしている？　あの泣き声について、まさかお前はなにか知っているのか？」

「えっ、えっ、えっ」

「花江さんはどういう……」

「はい、ストップ。会話を成り立たせるところから始めようか。あと何度も言うけど、ボクは化け猫じゃないから」

バッグから出て玉緒の肩に飛び移ったマネが、若干不機嫌そうに場を取り持ってくれる。幾度とない化け猫扱いに不貞腐れているらしい。

ハッとした青年はバツが悪そうに目を逸らし、「悪い、取り乱した」と謝罪した。玉緒もこちらこそ……と頭を下げる。

「先に自己紹介をしよう。自己紹介は社会人の基本。つくも神でも知っている常識だよ。まずボクは化け猫じゃなくて、万年筆に憑いているつくも神のマネ。君ならつくも神の存在くらい知っているだろう？」

「ああ、知っている……つくも神だったのか」

「もとは乙木花江の持ち物で、今はこの花江の孫である玉緒の持ち物だよ。はい、玉緒。挨拶」

「お、乙木玉緒です。えっと、よろしくお願いいたします」

「こちらは以上だよ。次は鷹雄の孫、名乗って」

マネのおかげでスムーズに話が進む。

青年は存外素直に従い、カウンターを出て玉緒と相対し、耳どおりのいい低い声で名乗ってくれた。

「俺は多々見鴇《とき》。この古書店の店主だ。花江さんとは、先代の俺の爺《じい》さんのときからの知り合いだ。……お前たちは、ここになにをしに来た？」

たたみときさんと、玉緒は頭の中で、忘れないように名前を繰り返す。

マネは淡々と、玉緒は最近あやかしが視えるようになり、わけあってつくも神探しをしていること。そのわけとは花江の代わりに小説を完成させるためだということ。ここにもつくも神がいるかもしれないことなどを、実に簡潔にわかりやすく、青年こと鴇に説明してくれた。

やっと状況が相手に伝わったと、玉緒が胸を撫で下ろしたのも束の間。聞き終えた鴇は、思いっきり渋面を作った。

「花江さんの小説を代わりに書くって……お前、書けるのか？」

疑わしい目。無言の圧力。

言外に「そんなことは俺が認めない」と言われている気がして、玉緒はなぜその考えに至らなかったのか、自分の浅はかさを秒速で後悔した。

彼はマネいわく花江のファンだ。それも年季の入った大ファンだ。

いくら花江の孫とはいえ、こんな頼りなさそうな小娘が花江に代わって筆を執るなんて、ファン心理として気に入らないに決まっている。

「それは、ええっと」

「だいたい、書いてどうする？　どっかの出版社にでも持ち込むつもりなのか？」

「そんなおそれ多いことは決して……！　私はただっ」

「ただ？」

玉緒はコクリと喉を鳴らす。

ここはきっと、変に繕わない方がいい。

「私はただ……人間に心を砕いてきたつくも神たちの物語を、文章という形で、できるだけ残したいんです。おばあちゃんだったら、もっと多くの人にも伝えられるだろうけど。私は仲間のつくも神たちと、あともし可能ならその持ち主たちに、こんなつくも神がいたんだよって……彼等のことを少しでも、伝えたいだけなんです」

言葉を慎重に選びつつも、菊花の一件で感じたことを、玉緒はそのまま口にした。

声は硬くたどたどしかったが、これが玉緒の〝書く理由〟だ。

真っ直ぐに、鴇は玉緒を見据えてくる。玉緒もここは気合いで、真正面から鴇の目を見つめ返した。

山ほどの本が眠る空間に、気まずい沈黙が下りる。

しばらくして、鴇が口を開きかけたところで……またあの、か細い泣き声が店内に響いた。切々と悲しみを訴える声に、玉緒はしきりに周囲を見回す。

「た、多々見さん、また泣き声が」

「くそっ、またか」

鴇はがしがしと煩わしげに頭を掻く。

「この声は先週から店内で聞こえるようになったんだ。人間じゃねえことくらいは俺もわかっている。ただ気配が弱いからか、探っても声の主がいっこうに見つけられない。時折こうやって、唐突に泣きだすだけで害はないが……とにかくうっとうしい」

声は本棚から本棚を渡るように広がって聞こえ、発生源がどの辺りからなのかも特定しづらい。鴇も地味に参っているようだ。

「マネならわかる？　つくも神の泣き声、なんだよね？」

「そうだね、軽く探ってみるよ……ふむ」

床に降り立ったマネは髭をひくひくさせ、店内をトコトコと四つ足で闊歩《かっぽ》する。その後ろを、玉緒と鴇がカルガモの親子のように続く。サブカル系の古雑誌が集まる棚前で立ち止まると、マネは空いた隙間に上半身を突っ込んだ。すると泣き声が「ふぎゃっ！」という情けない悲鳴に変わる。

それきり店内はしん……と静まり、思わず玉緒と鴇は顔を見合わせた。

やがて「よっこらせ」と、マネが上半身を抜いて出てくる。

「はい、見つけたよ」

マネはなにかを捕まえたようで、ぐーの形にしていた前足を開く。玉緒と鴇は屈んで、肉球の上にいるそれを観察した。

「これは……虫か？」

「黄金の虫、ですかね……？」

それは全身が金色に眩《まばゆ》く光る、小さな芋虫だった。丸々としたボディは愛嬌があり、その体を覆う上品な輝きは、玉緒が千鶴と見た金箔の優美さを思い起こさせる。

金の虫、いや本棚から出てきたから本の虫？

玉緒が存在を図りかねていると、伸びていた芋虫がパチッと円らな瞳を開いた。芋虫は玉緒たちにぴゃっ！　とビビり、マネの手からもそもそ動いて逃げようとするが、すかさず鴇が摘まみ上げる。

「おい、この営業妨害虫。お前もつくも神だっていうなら、うちにある物のなににとり憑いてやがる？　うっとうしく泣いていた理由もさっさと言え。吐かないとこのまま握り潰すぞ」

「ひ、ひえええ！　なんて乱暴な御仁！　恐ろしいです！」

「多々見さん！　怖がらせていますよ……！」

「あ？」

ついでに私も怖がらせています！

などと言えるはずもなく、玉緒は慌てて口を閉じる。だんだん鴇にも慣れてきたかと思ったが、やはり怖いものは怖い。

おまけに話も中断されてしまったため、玉緒が花江の代理を務めることに、彼がどんな結論を出したかも不明だ。でもこの分だと認めてもらえていないだろうな……と玉緒がさりげなく落ち込んでいると、芋虫が「ややっ！」と声を上げる。

「そちらのお嬢さんは、なにやら懐かしい雰囲気。私のご主人の、貴重な昔馴染みにどことなく似ておられます！　お名前をお伺いしても？」

芋虫は鴇の指に摘まれたまま、もぞもぞと身を捩《よじ》って玉緒に視線を合わせた。昔馴染みというのはもしかしなくても花江のことだろうか。

孫であることを伝えれば、芋虫は小粒の瞳を体と同じくらい輝かせる。

「なんと、やはり花江様の！　あなた様にでしたら、私はなんでもお話し致しますよ。まずはこちらの鬼のような御仁からお助け願います」

「誰が鬼だ？　やっぱり潰す」

「ひゃあ！」

本気でぷちっといきそうな鴇を、マネがどうどうと諫《いさ》めている。金ピカな芋虫姿のこのつくも神は、どうもひと言多いタイプのようだった。

「ふう……ひどい目に遭いました。申し遅れましたが、私は栞《しおり》のつくも神でございます。本に挟むあの栞ですね。名前がないと不便でしょうし、どうぞ虫の栞で『ムシオリさん』とでもお呼びください。あ、さん付けはぜひとも。そこは敬意を示して頂けると」

一旦仕切り直しということで、玉緒たちはカウンターの周りに集まった。閉店時間には些《いささ》か早かったが、念のため店も閉めてある。

カウンターにちょこんと乗ったムシオリは、ちょくちょく鴇を苛つかせながらも事情を説明してくれた。

まず自分でも告げたとおり、ムシオリは栞のつくも神だ。それも金箔を貼って、その上に絵模様を描いた豪華な一品なのだと胸を張った。

持ち主は、ここからほど近い家にひとりで住む、六十代の男性。ムシオリが『ご主人』と慕うその彼は大変な読書家で、今は足が途絶えているが、花江とはかつてこの古書店の常連仲間だった。たまに言葉を交わす間柄であったらしい。男性は読みかけの本と栞を常に持ち歩いていたので、ムシオリと花江の出会いもこの場所だ。

しかしなぜ、男性の所持品のムシオリがここで泣いていたのか。

なんでも一週間前に、読みかけの本に挟まったまま、本体ごとここに持ち込まれたそうだ。つまりは売られた本に、ムシオリの本体である栞は使われており、今もそのままということだった。

「待て。先週は買取が多かったが、そんな目立つ栞なら査定時に見つけて……いや、もしかして、あの子供が置いていった本の中か？」

「置いていったって……？」

隣に立つ鴇に玉緒がおずおず伺うと、鴇は苦々しく秀麗な眉を寄せた。

「紙袋を抱えて、小学生くらいの子供が本を売りに来たんだ。キャップを被った、野球少年って感じだったな。本自体は古い日本文学が中心で、二十冊くらいか。小遣い欲しさに親のでも勝手に売りに来たのかとそのときは思った。パッと見で高値のつきそうなものもいくつかあったが、そもそも未成年からの買取はできない。だから断ったんだよ」

「あ……そういうものなんですね」

「『古物営業法』とかいろいろあるんだ。十八歳未満からの買取は不可。ただし保護者同伴か、保護者の同意書があれば買取れるが、その子供はひとりで来て、同意書なんて持ってなかったからな」

　わかりやすく丁寧に答えてくれた鴇に、玉緒の好感度がちょっと上がる。怖いだけで悪い人ではないことは、なんとなく玉緒にもわかっている。

　定位置である玉緒の肩に乗るマネが、「それで置いていったとは？」と話を促した。

「言葉どおりの意味だよ。その子供が『じゃあ引き取ってくれるだけでいいから！』って、本を置いて逃げたんだ。追いかけようとしたが、自転車相手で捕まらなくてな。そのうち親が回収に来るかもしれないし、商品として扱うわけにもいかねえから、本は一応触らずうちで保管してある」

はあ……と、深い溜息をつく鴇。小遣い稼ぎではなかったようだが、そのお子さまの真意も不明で、店側からすればなんとも扱い難い面倒な案件だ。これには玉緒も鴇に同情した。

カウンター奥にドンと居座る、和菓子屋のロゴが入った大きめの紙袋が見えるが、あれの中身が置き逃げされた本たちなのだろうか。

「……あれらは数ある蔵書の中でも、ご主人が特に大切にされていた本たちでございます。置き逃げ犯の童子は、ご主人のお孫様である小太郎《こたろう》様。忙しいご両親に代わってご主人がよく面倒を見ていたため、小太郎様もご主人にそれは懐いていて……なぜご主人の大切な本を勝手に手放そうとしたのか、私にはまったくわかりませぬ」

本来なら、そんな身勝手なことをするような子ではないのだと、ムシオリは悲哀を込めて語る。声に湿り気が帯びてきたかと思えば、ポロッと、豆粒のような瞳から金色の涙が落ちた。

「私の声など聞こえないとはわかっていても……それでも私は、必死に小太郎様をお止めしました！　だけど小太郎様は本を紙袋に詰めて、私ごとここへ……うっ、ううう」

「ム、ムシオリさん、落ち着いて……」

「うあああ！　帰りたいです、ご主人のもとへ！　また一緒にいろいろな本を読みたいです！　こんな寂れた場所で泣き続けるのはもうたくさんですー！」

ダムが決壊したように、わんわんとムシオリは泣きわめく。

迷惑を被った上に、「寂れた場所」と称された古書店の店主は、真顔で額に青筋を作っている。

栞本体は作られてまだ数十年で歴史が浅く、菊花のように力が強いわけではないので、ムシオリは自力でご主人の家へと帰ることはおろか、古書店から出ることもできないそうだ。

玉緒は一生懸命に宥めるが、ムシオリの涙は止まらない。

「うっうう……。本がなくなったことは、とっくにご主人も気づいているはず。そのことをご主人はどうお考えなのか。私のことも探しておられるのでしょうか……」

「ムシオリさん……」

「早くご主人のもとへ帰りたいです……ずっとおそばにいると、私は勝手に約束したのです。そしてなぜ、小太郎様がこんな行動に出たのか。その理由もちゃんと知りたいです。きっとわけがあるはずなのです。ですから！」

泣きすぎたムシオリの周りには、いつの間にかきらびやかな金の泉が出来上がっていた。その泉の中心から、ムシオリは玉緒に熱い眼差しを注ぐ。

「これもなにかのご縁！　どうか憐れな私のために、真相を知るお手伝いをしてくださいませんか、玉緒様⁉」

「私⁉　でも、手伝ってなにをすれば……」

「手始めに私を、ここからご主人の家へとお連れ願いたい！　道は把握しておりますので、家までは私がご案内致します！　どうか、どうかお力を……！」

もにょもにょと土下座らしき動きをされ、玉緒はたじろぎながらも考える。

華麗に厄介事が飛び火したが、これは交渉どころなのだろうか。

「ちなみに……私がお手伝いをしたら、あなたの物語を書く許可を頂けますか……？」

「もちろん！　なんでもどんと来いでございます！」

即答したムシオリに、マネは「玉緒もなかなか強《したた》かになってきたじゃないか」と満足そうに口角を上げている。

もとより頼まれると断れない典型である玉緒が、ムシオリの涙の訴えを無下にできるはずもないのだが。ひとまずこれで交渉は成立だ。

菊花もムシオリも、一筋縄ではいきそうにない案件だが、彼等の物語を書くならまずはとことん、彼等に付き合わなくては。

「……わかりました。微力ながら、私がご協力させて頂きます」

「おお、さすがは花江様のお孫様！　なんと頼りになる！　それではそちらの紙袋を持って、ささっとご主人の家へ向かいましょう！　そう遠くはありません、歩いて今すぐ！　可及的速やかに！」

「い、今からですか⁉」

「おい、ちょっと待て」

水滴を散らしてぴょんぴょんと飛ぶムシオリを、鴇は親指で押さえつけた。「ぐえっ」という呻《うめ》きは無視して、射貫くような眼光を玉緒に向ける。

「それなら俺も同行する」

「へっ」

意外な申し出に、玉緒は喉奥から間の抜けた声が出た。

「この虫の家に行って、紙袋の本も返すんだろう。預かった店の人間がいた方が、相手かたに話もしやすい。お前ひとりに、あれだけの本を運ばせるのも気が引ける……もとは俺の抱えた案件だからな」

言うが早いか、鴇はカウンター奥に紙袋を取りに行った。玉緒は呆けた顔で、若草色の着物を纏う広い背中を見つめる。彼は雨対策にしっかりとビニールもかけて、紙袋を片手に店の出口に向けて歩みだした。

「ぼけっとすんな。夜になる前にさっさと行くぞ」

「は、はい！」

横を通り過ぎた鴇を、玉緒は右肩にマネ、左肩にムシオリを乗せて追いかける。

ムシオリの本体は紙袋の中、折り重なる本のどれかに挟まっているので、鴇が外に出ればムシオリも無事に古書店を出られた。

外は曇り空も相まってもうだいぶ暗く、小雨はいまだ降り続いていた。

ムシオリの案内に従い、玉緒たちは傘を差して雨の中を進む。ビニール傘の玉緒に反して、鴇は渋い露草《つゆくさ》色の番傘だ。これも祖父の趣味を継いでいるのか、値の張るしっかりとした逸品であることが察せられる。

茶屋街を着物姿で、番傘の竹柄を手に歩く鴇は、まるで映画のワンシーンのように玉緒の目には映った。

「……なんだ。用があるなら言え」

「な、なにもないです」

盗み見がバレて縮こまる玉緒に、マネは「イケメンって罪だよね」とかしみじみ呟いている。

人間組はぎこちない距離感を保ちつつ、茶屋街から市街地の方面へと繋ぐ、浅野《あさの》川大《がわおお》橋《はし》を渡る。ゆったりと雄大に流れる浅野川は、別名『女川』とも言われ、『男川』と言われる犀川《さいがわ》と対で、金沢の二大河川として親しまれている。

GWシーズンには『鯉流し』という催しも浅野川ではひらかれ、川を埋め尽くすほどの鯉のぼりが、せせらぎと共に泳ぐ様は圧巻だ。毎年恒例の金沢の風物詩である。

「浅野川近辺は、泉鏡花と徳田秋聲のゆかりの地でもあります。文学好きには心浮き立つものがあるようで、今よりお若い頃は、ご主人もこの辺りをよく散歩して……あ、そちらの角は右に」

道案内の合間に、ムシオリは傘を叩く雨音を背景に、ご主人との思い出を語る。

「ここから散歩のついでに、フラリと先程の古書店に立ち寄るのが、ご主人のいつものコースでした。花江様とは店で会えば少し会話するだけでしたが、それでも人付き合いが不得手なご主人にとって、花江様は貴重なご友人だったと言えます。あ！　私と花江様も、種族は違えど友人でございますよ！」

「うちのおばあちゃん、本当に〝人類皆友達〟どころか、〝人類&人外皆友達〟だったからね……」

「そうそう！　私は花江様が作家であることはご本人から聞きましたが、ご主人は聞く機会がなく、最後まで知りませんでしたね。ただ店で会う人が作者だとは知らずとも、ご主人は自然と、花江様の作品を何作か読んではおりました」

挙げられた作品名は、有名なシリーズものやヒット作ではなく、知る人ぞ知るラインナップだった。純粋に花江の作品マニアでもある玉緒は、「なかなかいいところを突いていらっしゃる……」とマニア心が疼く。

あと前方の鴇も、作品名が出るたびに、ピクッと反応していたことを見逃さなかった。

「私もご主人の肩に乗って一緒に拝読しました。どれも楽しませてもらいましたよ！残念ながら、私では感想をご主人と語れませんでしたが」

「そっか……ご主人さんにも、ムシオリさんのことは視えないんですね」

「私の家の人間は誰ひとり、私の声も姿も認識できません。でもよいのです。私は奥様の分まで、ご主人のおそばにいると勝手に決めておりますから」

「奥様……？」

「正確には私はもともと、二十年ほど前に亡くなった、ご主人の奥様の持ち物だったのです。ふふふ……ご主人と奥様には、とっておきの物語があるのですよ」

話したくてうずうずしている様子のムシオリに、玉緒はインタビューも兼ねて、どんな物語なのかを尋ねてみた。ムシオリは体をピカーと光らせ、「では玉緒様には特別にお話しして差し上げます！」と嬉々として話しだす。

その話はそれこそ、小説のようなストーリーだった。

ムシオリのご主人と奥様が、玉緒と近い年齢であったとき。

ふたりの出会いは職場だった。

奥様の方はとある製造会社の社長令嬢で、自社で受付の仕事をしていた。美人で気立てのいい彼女は、誰もが憧れる高嶺の花。一方のご主人は、真面目だが不器用なゆえに出世から遠い平社員で、目立つ特徴のない物静かな青年。

しかし読書という共通の趣味があり、本の好みも似ていたことから話が合い、交流を重ねるうちにふたりの仲は深まっていった。だが奥様には決められた婚約者もいて、当然ながら周囲の反対は強かった。一緒にいても不幸になるだけだと言われ続けていた。

そしてふたりは悩んだ末、思いきって駆け落ちをしたのだ。

「駆け落ち……！　な、なんか、その単語だけで物語チックというか……ちづ姉が好きなロマンス小説っぽいというか……」

「まさにベタなロマンス小説だね」

玉緒とマネの反応に、ムシオリは「そうでしょう、そうでしょう」と大仰に頷く。

「ですが事実は小説より奇なり。嘘偽りなしのノンフィクションでございます！　私の登場はこのあとですよ！」

駆け落ち後のしばらくは、ご主人と奥様は別の仕事に就き、細々と生計を立てて過ごした。貧乏生活が続いたが、存外穏やかな日々だったという。

そんなある日、ふたりは久方ぶりに一緒に買い物に出かけた。立ち寄った本屋のレジ前で、奥様が目を留めたのがムシオリの本体だ。デザインに一目惚れしたとかで、節制が身についていた彼女にしては珍しく、迷うことなく購入しようとしていた。数日前の奥様の誕生日になにも贈れなかったご主人は、「これくらいしか……」と、申し訳なさそうに栞を奥様に買ってあげた。

やがてよい仕事も見つかり、生活は安定してきたが、あとにも先にも、奥様がなにか物に執着したのはこれきりだ。

高価な服でもアクセサリーでもない、造りがいいものであっても所詮、栞は栞。それでも奥様はまるで宝物のように、ムシオリの本体をとても大切にした。奥様は栞を彩る金箔の美しさと、描かれた絵をいたく褒め、読書の際によく眺めていたという。

玉緒は、ムシオリの本体を見ていない。

そんなに奥様が気に入るデザインとはどんなものか、興味がそそられた。

菊花やマネの例に倣《なら》うなら、つくも神は本体の特徴をどこかに取り入れている。ムシオリの金ピカボディのもとが金箔なのはわかるが、まさか芋虫をデザインした栞なのだろうか。だったら斬新すぎる。

「これらのお話はすべて、奥様が私を眺めながら、ポッポッと落とされたひとり言でございます。おふたりの熱愛物語を知る者は、身近なところでは私のみでしょう。ご主人はシャイな方なので、吹聴などは致しません。奥様もその意を汲んで秘匿しておりました。小太郎様はもちろん、おふたりの娘である小太郎様のお母様ですら知らぬ話です」

「たしかにちょっと……広まると恥ずかしいですよね」

「花江様にもお話ししていないので、私が明かしたのは玉緒様が初めてであります！」

それは光栄です、と玉緒は小さくはにかむ。

いつの間にか人の多い通りから、人気の少ない路地へと入っていた。鴇は黙々と先を歩いている。

そんな鴇の持つ紙袋へと、ムシオリは視線を走らせる。

「実はあの紙袋の本は、おふたりの思い出の本でもあります。ふたりが知り合った当初、話題にされていた本たちで、いわばご夫婦が仲良くなるきっかけとなった物語たちです。貧乏生活で本を売りに出しても、あれらだけは一度も手放していないとか」

「そうだったんですか……それは、大事、ですよね」

手放していない、というワードに、玉緒はポーチを手放してしまった自分と比べて、一瞬だけ胸に痛みを覚える。

「奥様は私相手に、いつもお幸せそうな顔で、ご主人のことを話しておりました。だけど小太郎さまがお生まれになる前に、奥様はご病気で亡くなり……それから私は、ご主人の手に渡って、彼の読書のパートナーになったのです。たくさんの本を共にこれまで以上に読み尽くしました。まるで奥様のいなくなった隙間を、文字で埋めるように」


ご主人、今日はどんな本を読みますか？　わくわくする冒険譚もいいですが、ドキドキするミステリーもいいですね。

ご主人、昨日の続きを読みましょう。あの主人公の行く先が気になります。いよいよ最終章ですよ！

ご主人、その作家の作品がお好みなのですね。ではあちらもきっと楽しめます。早くページを捲ってください！

ご主人、ご主人、ご主人。

大丈夫ですよ、寂しくなどありません。

どんな物語の世界にも、私がどこへでもお供致します。奥様がいなくなってしまっても、私はいなくなりません。

ずっとずっと私が、ご主人のおそばにおりますから。

――そう、聞こえることもない声を、ムシオリは延々と語りかけ続けていたと言う。

「君のご主人と会えたら、玉緒や鴇とも本の話題で盛り上がれて楽しそうだね」

しんみりするムシオリに対し、マネがなんでもない口調で話を変えた。こういった機転が玉緒はうまく利かないので、「なんと！　それはたしかに楽しそうです！」と、すぐに調子を戻したムシオリにホッとする。

鴇は「俺も参加するのか」とボソッと呟いていた。玉緒の気のせいでなければ、彼はちょっと参加したそうだ。

「あ、そこの道に入れば、もうすぐ我が家でございます」

古い家と新しい家が交互に立つ住宅街は、それぞれの窓から生活の灯りが漏れ出ている。もとより小降りだった雨は止み、玉緒と鴇は傘を閉じた。

ムシオリが示した家は、確実に古い方に入る二階建ての一軒家だ。

「あれ、誰かいますね……」

家の前には自転車を止めている最中の、小学校三、四年生くらいの男の子がいた。黄色いキャップを被って、自転車で雨の中を駆けてきたのか、学校指定っぽいジャージは点々と濡れて色が変わっている。

健康的に焼けた肌に、髪を短く刈った、見た目はいかにもスポーツ少年だ。やんちゃそうな雰囲気がある。

あの子って……と玉緒がムシオリに確かめようとしたところで、鴇はズンズンと少年に近づいていく。

「おい、そこの」

「俺？　なんだよ、なんか用……って、あ！」

顔を上げた少年は、鴇を見てとっさに逃げようとしたが、それを鴇が腕を摑んで引き留めた。少年は「離せこの野郎！」とジタバタ暴れている。

衝撃で自転車がガシャンと倒れ、取り押さえようとした鴇の手から、番傘が離れて地面に転がった。

「お前、あの古本屋の奴だろ⁉　なにしに来たんだよ、そんな本持って！　引き取ってくれって言ったじゃん！」

「そうもいかねえんだよ。たまたま家がわかったから返却に来たんだ。いいからおとなしくしろ」

「返却って……あんな本たち、じいちゃんのそばにあったらダメなんだよ！　くそ、離せこの……っ！　指名手配犯みたいな顔しやがって！」

「誰が指名手配犯だ、お前の方が置き逃げ犯だろ！」

マネの「止めなくていいのかい？」というひと言で、おろおろしていた玉緒は急いで仲裁に入った。ふたりの間に飛び込んで、「落ち着いてください、ふたりとも！」と声をひっくり返して叫びを上げる。

鴇はチッと舌を打って番傘を拾い、少年はふんっと顔を背けて自転車を直す。

鴇が大人げないのか、少年の態度が悪いのかはおあいこな感じだが、ここは私が緩衝材として頑張らねばと、玉緒は得意の空気を読んで少年と目線を合わせる。

「私たちは古書店の者で……君のお名前は？」

「……山本《やまもと》小太郎」

ムシオリが「小太郎様！　小太郎様！」と騒いでいたのでもうわかっていたが、玉緒は初対面の挨拶として名前を尋ねておいた。小太郎は逃げるのは諦めたようだが、むっすりと不貞腐れた顔をしている。

「小太郎くんは、その、どうして本を置いていったの？　それにさっき、あんな本たちがおじいさんのそばにあったらダメって……」

「だから、そのままの意味」

「そのままというと……」

「一からわかりやすく話せ、悪ガキ」

「うっさいな、凶悪犯！」

「ああ？」

「穏便に！　穏便にいきましょう！」

いがみ合う鴉と小太郎に胃を痛めつつ、玉緒が辛抱強く聞き出せば、小太郎は自分なりのわけを話してくれた。

「……俺、本を読むのは苦手だけど、じいちゃんが本を読んでいるとこ、見るのは好きなんだ。どんな本でも真剣だし、読めることが楽しいって感じで、いいなって思う。聞いたら俺にも内容を教えてくれるし。だけど……特別な棚にある本を読んでいるときのじいちゃんは嫌いだ」

「特別な棚っていうのは……？」

「二階に小さい図書室みたいな部屋があるんだけど、居間の棚にも本を入れるスペースがあるんだ。そこのこと」

つまり普段本をしまっている書庫とは別に、大切な本だけその棚で保管していたということだ。

「……そこにあった本が、古書店に置いていった本、だよね？」

「そうだよ。あそこの棚の本を読んでいるときだけ、じいちゃんはすごく辛そうな顔をするんだ。最初は暗い物語ばっかりだから、そんな顔するのかなって思っていたけど、聞いたら明るい話もあったのに。本の内容はきっと関係ないんだ。俺、そんなじいちゃんを見るのが本当に嫌だった」

話しかたは拙いが、小太郎が祖父を慕い、とても心配していることは痛いほど伝わってきた。小さな拳を、小太郎はぎゅっと握る。

「あの棚の本が、死んだばあちゃんになんか関係してるってことは知ってる。だけどばあちゃんについてはあとはなんにも知らない。じいちゃんは話してくれないから。でも俺はわかってるんだ……きっとばあちゃんとじいちゃんは、すごく仲が悪かったんだって」

「そんなことはありません！」

思わず、といったふうに叫んだのはムシオリだ。しかしながらその声は、つくも神なんて存在すら覚えがなさそうな、小太郎の耳には届いていない。

「大事な人との思い出の本なら、じいちゃんがあんな顔するはずない。あの本だって、じいちゃんが本好きだから捨てられないだけで、きっと嫌な思い出があるから、他の本と分けてあるんだ」

「違います、それは違いますよ、小太郎様！　思い出があるからこそ、辛い顔もされるのです！　本たちは大切だからこそ、違う棚に分けてあるのです！」

「じいちゃんがばあちゃんの話をまったくしないのも、本当は嫌いだったからだろ。母さんも『ふたりはあまり会話のない夫婦だった』って言っていたし」

「ご主人が奥様の話をしないのは、単なる口下手だからでございます！　お母様も言葉選びが悪すぎます！　会話がなくとも通じ合っているということで……！」

「きっときっと、すっっっごく、仲の悪い夫婦だったんだよ！」

「ちーがーいーまーすー！」

ムシオリの渾身の訴えも、虚しく宙を漂う。

どうにも小太郎は、斜め上の深い誤解をしているようだった。誰も正しい情報を教えてくれる者がいなかったので、悪い方に想像を働かせすぎてしまったのだろう。

「それなのにじいちゃん、最近はあの棚の本を繰り返し読んでいることが多くて……しかも俺、見たんだよ」

「見たって、なにを？」

「……いつもみたいにじいちゃんの家に遊びに行ったら、じいちゃん、泣いていたんだ。

特別な棚の前で、ばあちゃんの名前を呼んで、謝りながら」

これはムシオリも与《あずか》り知らぬことだったようで、えっと驚く。

「たしかにご主人は一か月ほど前から、あの棚の本を選ぶ頻度が増えていましたが……奥様に謝罪していた？　どういうことでしょう、謝ることなどなにも……うう、ご主人はご自分の気持ちも口になさらないので、そばにいた私にもわかりません！」

不甲斐ないです……！　と、金色の体をうねうねさせるムシオリ。彼の苦悩をよそに、小太郎は沈痛な面持ちで話を続ける。

「それが俺、すごい堪らない気持ちになって……じいちゃんが出かけるからって留守番を頼まれた隙に、適当な紙袋に棚の本を詰め込んだんだ。何冊か取り出してあったのも、全部。とにかくじいちゃんから、この本たちを遠ざけなきゃって」

そして小太郎は自転車のカゴに紙袋を押し込み、ほとんど衝動的に逃走した。自分の家に本を持ち帰ったら親にバレるし、捨てるのはさすがに気が引ける。そこで思いついたのが、以前に通りかかったことのある、鴇の古書店だったと言う。

子供なりに必死に考えて、本を引き取ってくれそうな場所を選んだようだ。

「本を持ち出した日から、じいちゃんには一度も会ってない。なんか気まずくて……今日も来てみたけど、チャイム押せなくて、帰ろうとしていたとこだった」

「……おじいさんに対して気まずいって感じるのは、小太郎くん自身が、本当は悪いことしたって思っているからじゃないかな？」

玉緒は子供相手の花江を意識して、言い聞かせるように優しく言う。こういう役回りは慣れないが、子供を諭すのはきっと大人の役割だ。

「小太郎くんの事情はわかったけど……人の物を黙って持ち出すのは良くないよ。ここは一度本を返して、ちゃんと謝ろう？」

ね、と念を押せば、小太郎はしゅんと項垂《うなだ》れる。

「やっぱそう、だよな。じいちゃんに俺、怒られたことって今までないけど、勝手なことしたって、怒っているかな……」

「小太郎くんの気持ちを話せば、きっとわかってくれると思うよ」

それに小太郎はまだ、祖父母の仲が険悪だったと誤解したままだ。ムシオリのためにも、玉緒はそこも解いてあげたかった。ただそれには、ご主人の口から奥様のことをちゃんと語ってもらわなくてはいけない。

ムシオリはご主人の謝罪の意味を考えて、今もうねうねしている。どちらにせよ、ご主人側の考えや想いがわからない限り、今回の騒動はすっきり解決できないようだ。

「姉ちゃんも、兄ちゃんも、迷惑かけてごめんなさい」

玉緒と鴇に向けて、小太郎はキャップを取って頭を下げた。

間違いを認めると潔い。一連の行動からもわかるとおり、良くも悪くも真っ直ぐな少年だ。

「……俺等に謝るなら、じいさんにさっさと本を返して謝ってこい。ほら、これはお前から渡せ」

鴇は紙袋をぶっきらぼうに差し出し、受け取った小太郎の頭をぐしゃりと撫でた。マネが「ほほう、こっちも大人の対応だね」と呟いている。本の重さによろけながらも、小太郎は紙袋を持ち直して頷くと、家の玄関の方に走っていった。

しかし、チャイムを前にピタッと動きを止める。

「小太郎くん？」

「あ、あのさ、やっぱちょっと不安で……」

最初の威勢はどこへやら、捨てられた子犬のような顔で、小太郎はチラチラと玉緒たちに視線を送ってくる。鴇は「ああ、くそ」と悪態をついた。

「しかたねえから、じいさんには俺からも事情を説明してやる……本当に手のかかるガキだな」

カラコロと下駄の音を鳴らして、鴇も玄関へと向かう。彼は小太郎の代わりにチャイムを鳴らしてあげていた。「お前に悪気がないことくらい、じいさんだってわかってんだろ」と、小太郎をフォローするような言葉もかけている。

「鴇ってさ、あれだよね。ほら、態度はツンツンしているけど、なんだかんだ相手を放っておけない。そう、ツンデレ」

「それ、本人には言わないでね……」

絶対に怒る。

ただマネを口止めしつつも、密かに玉緒もマネの言葉に同意する。やはり彼は、悪い人どころかけっこういい人だ。

玄関扉が開くのを待ちながら、玉緒は少しだけ、同じ花江のファン同士、いつか鴇と花江作品について語れたらいいなと、そんなことを心の隅で思った。

「このたびは本当に、孫が私のために大変なご迷惑をおかけしました……どうぞ、上がってください」

「し、失礼します」

「……おじゃまします」

玉緒はパンプス、鴇は下駄を脱いで玄関を上がり、案内されて居間へと移動する。

家から出てきたのは、薄い水色シャツにベスト姿で、白髪の目立つ痩身の男性だった。見るからに控え目そうなムシオリのご主人は、玉緒たちを前に不審げな顔をしていたが、紙袋を抱える小太郎に目を留めると、なにかを悟ったように瞳を細めた。

固まってしまった小太郎に代わって、玉緒と鴇が事情を話せば、ご主人がお詫びにお茶でも……と申し出たため、お言葉に甘えて、今は家の中へと招かれたところである。

「じいちゃん、勝手なことして本当にごめんなさい。本は返すよ。……怒ってる？」

「……怒ってないよ。お茶を淹れてくるから、お客様と一緒に待っていなさい」

やっと口を開いた小太郎から紙袋を受け取り、ご主人は言葉少なに微笑むと、机の上に紙袋を一旦置いて退出した。

畳の部屋には中央に脚の短い机があり、座布団が四つ配置されている。玉緒と鴇は並んで座った。鴇の向かいには、まだ気まずそうな小太郎がもじもじと正座している。その後ろにはきちんと整理され、最低限の物だけ収めた棚が佇んでいた。不自然に真ん中の一段が空いているのは、きっとあそこに本が収められていたのだろう。

しかし基本的に、玄関も部屋も無駄な物がなく、家主の性格を表す質素な生活が見てとれた。

「お待たせしました。どうぞ」

「ささっ、温かいうちに！　ご主人の淹れるお茶はおいしいのですよ！　奥様仕込みです！　ねっ、ご主人！」

戻ってきたご主人が、お盆に載せた湯呑みを玉緒たちの前に置く。ご主人の肩に移ったムシオリは、念願の再会を果たしてからわーわーとテンションが高い。当のご主人には聞こえていないが、鴇が苛立つくらいにはうるさかった。

反してマネは、眠くなったら自由に眠る主義なので、「全部終わったら起こしてね」とバッグに身を潜めてしまった。

湯呑みを配り終えたご主人が、小太郎の横に腰を落ち着ける。鴇と玉緒があらためて名乗れば、ご主人は深々と頭を下げた。

「このたびは、ご足労まで頂き申し訳ありませんでした。私は小太郎の祖父で、任田《とうだ》君《きみ》影《かげ》といいます」

「……………君影さん、ですか？」

「はい、君主の〝君〟と、影絵の〝影〟で君影ですが……あの、私の名前になにか？」

「す、すみません、気にしないでください」

思わず反応してしまった自分を恥じて、玉緒は頬を染めて俯く。ご主人こと君影は、訝しがりつつも追求はしなかった。

「こんな大事になるとは思いもよらず……私のこの口下手のせいで、孫にも誤解をさせて。いや、あながち誤解でもないのかもしれませんが」

「誤解じゃないってなに？　やっぱり俺の予想どおり、じいちゃんとばあちゃんは仲が悪かったの？」

「いや、そういうわけではなくてね……」

君影は間を空けながら、ゆっくりと言葉を選ぶように話す。玉緒も人と話すのが得意ではないのでわかるが、口下手な人の話しかただ。小太郎も祖父のことは理解しているようで、急かすことはせずじっと待つ。

「順にお話ししますと、近頃私は齢のせいか、だんだんと本を読むことが辛くなってきていました。私の生き甲斐とも言える読書だったのに……。特に新しい本を読むと、ひどく疲れるんです。知らない内容には、もう頭の処理が追いつかないのかもしれません。なので最近は、内容をすでに知っている本を、過去をなぞるみたいに読んでいました」

だから小太郎が「棚の本を繰り返し読んでいる」と言っていたのか。

奥様との思い出が絡む本なら、内容をしっかり把握していて、疲れず追いやすいのだろう。

「ただそうすると、亡くなった妻のことばかり思い出して……妻には私のために、ずいぶんと苦労をかけました。小太郎にも、ばあちゃんの話をしたことはなかったね」

「……話してくれるの？」

「本音を言うなら、私はこういう話をするのも苦手だよ。だけど小太郎は、私と妻のことで気を揉んで、本を持ち出したんだろう？　下手に隠さず、話しておけばよかったね」

君影は小太郎の頭を撫でながら、玉緒たちがすでにムシオリから聞いたご夫婦の馴れ初めを語った。小太郎は玉緒と似た反応で、「駆け落ち⁉　駆け落ちってドラマとかでやってる⁉　じいちゃんたちスゲー！」と興奮している。

君影は白髪を揺らしながら苦笑した。

「そんないい話でもないいさ。私は妻と結婚して幸せだったとたしかに言えるが、妻の方が私と結婚して幸せだったかは、最後までわからなかった。ずっと負い目を感じていてね……平凡でおもしろ味のない私といるより、妻にはもっと華々しい未来があったはずだ」

君影は傍らの紙袋から、ハードカバーの分厚い本を一冊取り出した。

未読だが、玉緒も知っている著名な作家の作品だ。本の天からは赤い紐が飛び出していて、その紐が括られている金色の角も微かに見える。もしかしなくとも、あれがムシオリの本体だろう。

「妻が病気になったのも私のせいなんです。私がずっと無理をさせていたから……。私と一緒にならなければ、彼女は何不自由ない暮らしの中で、長生きだってできたはずです」

君影は栞の挟まるページを一度開いたが、玉緒がよく見る前に、憂いを瞳に乗せてすぐに閉じてしまう。

「高価な物だってもっと……だけど妻が自分から望んだのは、こんな栞たった一枚だった。生活が安定してからもこれといって欲しがらず、私に遠慮していたんでしょう……いや、遠慮させてしまっていた。夫として情けない話です」

「でも、あの！　奥様は旦那さんとの思い出がある栞だから、ずっと大切にされていたんですよね？　彼女の方はきっと、情けないなんて思っていないのでは……！」

言ったあとに差し出がましいかと不安になったが、玉緒はつい腰を浮かせて口を挟んでいた。

ここで玉緒が口出すことが意外だったのか、鴇が僅かに目を見張っている。

だけど君影は、首を横に振って弱々しく笑う。

「お気遣い頂きすみません……ですが妻はただ、私との思い出など関係なく、単純に栞のデザインを気に入っていただけなんですよ。妻は『蝶子《ちょうこ》』という名前なのですが、この栞は金箔の上に、花に留まる蝶を描いたものでして……『この栞は証《あかし》みたいなものだから』と妻が言っていたので、自分のシンボルの蝶が綺麗に描かれているから、特に大事にしていただけだと思います」

「で、でも……」

「これを除けば、あとは本くらいですかね、妻が望んだのは。でもその本だって私も読んでいましたし、妻だけの物ではありません。子供が生まれてからは、より自分のことは二の次で……そうこうしているうちに、妻は病気で亡くなりました」

本を持つ君影の手は、小刻みに震えている。

君影が長らく抱えていた負い目は、奥様がいなくなってからも残り続け、今になって重みを増してのしかかっているようだった。

君影が涙を流しながら、本棚に向けて奥様に謝罪していた理由は、きっと自責の念からだ。

「私は妻になにもしてやれませんでした……妻は大きな家も、立派な婚約者も捨てて、私を選んでくれたのに。不甲斐ない私は、ちっぽけな栞一枚しか与えられず……。本当は妻は、私を選んだことを後悔していたんじゃないかって。昔のことを思い出すたび、このところそんなことばかり考えるんです」

君影はポツリとひと言、「妻は……蝶子は私といて、幸せだったのだろうか」と、そう問うように呟いて沈黙した。

壁にかかった時計の針の音だけが、やけに大きく響いて室内を行き来する。空っぽになった棚の一角が、玉緒にはひどく虚しく見えた。

玉緒も鴇も小太郎も、君影の問いには答えられない。

唯一この場で答えられるのは、奥様から直接、彼女の想いを聞いていたムシオリだけだ。そのムシオリは、ご主人の打ち明け話が始まってから、ふるふると体を震わせ、大粒の涙を流し続けている。

「なぜっ……なぜなのですか！」

耐え切れず、ムシオリが叫ぶ。

「なんで……っ、どうして小太郎様だけでなく、ご主人にさえ、奥様の気持ちが伝わっていないのですか！　どうして誰もが、奥様の幸せを疑うのですか！　奥様はご主人といられて幸せだった、幸せだったのに……！」

すべてを知っているのは物であるムシオリだけで、そのムシオリは物であるがゆえに、人間に伝えたいことも伝えられない。

彼の歯痒さを感じて、玉緒はいたたまれない気持ちになる。小太郎も「なんだよ。じゃあじいちゃんが悲しい顔すんのは、やっぱりばあちゃんのせいなんじゃん……」と冷たい声でぼやいた。

みんながすれ違っているこの状況を、なんとかしたい。

だけどどうすることもできなくて、玉緒が俯いていると、鴇がおもむろに君影の持つ本に指先を向けた。

「そちら、よかったら見せて頂けますか？」

「え……この本ですか？」

「本というよりは、その栞を。どんなデザインなのか、ぜひ見てみたいのですが」

玉緒や小太郎に対するより、ずいぶんと落ち着いた外行き用の態度で、鴇はそんなことを申し出た。意図して目尻を和らげれば、目つきの鋭さが薄れ、以前にマネが称していた〝好青年〟に見えなくもない。

「多々見さん？　なんで今、栞を……」

「なんか引っかかるだろ。話に出てきた、奥さんの『証みたいなもの』って言い回し。それにあの虫の本体を、ここまで来て見ずに帰れるか」

「い、意外と気になっていたんですね」

鴇と玉緒はぼそぼそと密談する。興味なさそうなふりをして、鴇もムシオリの本体には興味津々だったようだ。

君影はぼんやりとしながらも「は、はあ、どうぞ」と、栞の挟まった本を鴇に差し出す。鴇は受け取って本を開いた。玉緒もそっと横から覗き込む。

ムシオリの本体である栞は、長方形で上に穴を開けて紐を通した、形はオーソドックスなものだ。君影の説明どおり、気品のある輝きを湛えた金箔の上に、極彩色の蝶が、素朴な白い花に留まる様が描かれている。奥様が愛用したのもわかる、読書の時間に彩りを添える美しい一品だった。

「たしかに蝶の絵は綺麗だな」

鴇は栞をかえすがえす角度を変えて眺めている。だけど鴇と違って、玉緒が焦点を当てたのは蝶の絵ではなかった。

「あの……任田さんは、この栞に描かれた花が、なんという花かはご存じですか？」

蝶とセットになっている、小さな鈴がいくつも連なったような、可憐な白い花。

たとえ花に詳しくない人でも、有名なこの花の名前は知っているだろう。任田も玉緒の質問に一瞬きょとんとしたものの、すぐに「スズランですよね」とあっさり解答した。

「それなら、スズランの別名は知っていますか？」

「……そういうことか」

そこで鴇は、玉緒の言わんとしていることを悟ったようだ。得心がいった顔で、切れ長の瞳をスッと細めている。

君影の方は知らないようで、表情には戸惑いが浮かんでいた。

玉緒は鴇から栞を預かり、柄を指先でなぞって静かに告げる。

「スズランの別名は――『君影草』です」

「君影、草？」

「その、私の好きな小説の主人公も『君影』って名前で、それで任田さんのお名前を聞いたとき、反応してしまったんですけど……その小説のあとがきに、君影はスズランの別名だって書いてあったんです。だから、えっと」

玉緒は机の真ん中に、君影が栞をよく見えるように置く。

蝶と寄り添う君影草が、しっかりと瞳に映るように。

「この栞は、奥様の蝶子さんが、自分の名前の蝶を気に入ったから欲しがったんじゃなくて……スズランの別名を知っていて、旦那さんと一緒に描かれている栞だから、望んで大切にしたんですよ」

玉緒の言葉に、君影は目を見開いた。

彼の名前の由来自体が、君影草からきているかは玉緒にもわからない。自分の名前の由来なんて知らない人も多いだろう。だけど奥様は、スズランこと君影草が、蝶と共にいる姿を好んだのだと、玉緒は確信に近い考えを持って言える。

「奥様は『証だ』っておっしゃったんですよね……？　それはおそらく、自分を表しているからって意味ではなくて、ご夫婦が一緒にいる証明ってことだと、私は思います」

「……蝶子が、そんな意味で？　本当に？」

「その栞を生涯大切にされていたなら、奥様はちゃんと……旦那さんといたから、幸せだったんですよ」

ゆっくりと君影は栞に手を伸ばす。指先が触れた瞬間、パッと光が弾けた。

――一匹の黄金の蝶が、ひらりと室内を舞う。

君影や小太郎には見えていない幻想的な蝶は、芋虫から姿を変えたムシオリだ。

蝶が羽ばたくたびに、金の粉が柔らかな雨のように降りしきる。

辺りは一面、キラキラと眩い光で満たされた。同時に鼻孔を掠めるのは、瑞々しい甘さの混じった、どこまでも清廉な匂い。

君影草の香りだ。

「蝶子……君は本当に、私を選んだことを後悔していなかったか？　私といられてよかったと、そう思ってくれていたか？　私は君を……幸せに、できていたか？」

できていましたよ――と、澄んだ声で蝶が答える。

その声もきっと届いてはいないのだろうが、君影は栞を手に、嗚咽を噛み殺すように涙を流した。

彼の膝に落ちた雫の跡に、金の雨が散っていく。

そんな君影の背を、小太郎はたどたどしく撫でてあげていた。「このじいちゃんの涙は、嫌な感じしない」とこぼして。

「……詰まるところ、あの虫の声や姿は認識されていなくても、栞の存在自体が、ぜんぶ物語っていたってことでいいか」

「そんなところ、だと思います」

「こっちからすればはた迷惑な話だな。……まあ、でも」

ふうと、鴇は溜息をつく。続けて「伝わってよかったんじゃねえか」と、うっとうしそうに金の粉をはらいながら呟いた鴇に、玉緒は少しだけ笑ってしまった。

「ありがとうございます、玉緒様、鴇様」

蝶は優雅に薄い羽を羽ばたかせる。

その様子は、やっとご主人に伝えられたと嬉しそうだ。

部屋の中にはしばらく、光の粒子と君影草の香りが、消えることなくあふれていた。

※

十月もなかばを過ぎると、肌寒い日が続く。

玉緒も引っ張り出してきた薄手のベージュのコートを着て、曇天のひがし茶屋街を歩いていた。日曜日の昼間のためか、大勢の観光客で賑わいを見せている。

すっかり道を覚えた『多々見古書店』に着くと、玉緒が知る限りでは、初めて店内にお客さんの姿があった。数冊本を購入する客もいれば、ただ覗いて帰るだけの客もいて、ひととおり人が捌けてから、玉緒はいそいそとカウンターに近づいた。

今日も今日とて、店主は若草色の着物を纏い、端整な顔に無愛想な表情を張り付けて、気だるげに椅子に背を預けていた。

「お、お久しぶりです、多々見さん」

「ん……ああ、久しぶりだな」

思ったより穏やかな対応を返され、玉緒は密かにホッとする。

ムシオリの一件から、玉緒がここを訪れるのは実に二週間ぶりだ。

栞に纏わるあれこれが落ち着いたあと。

君影と小太郎に何度となく謝罪と礼を述べられてから、玉緒たちは任田家を出た。

その頃には、ムシオリはすっかり芋虫姿に戻っており、少し前に起きていたマネの説明によると、あの蝶バージョンは〃つくも神として力を最大限に使っている状態〃だったらしい。芋虫に戻ったムシオリは君影の肩の上で、「またいつでも遊びに来てください！」と、玉緒たちに明るい声を飛ばしていた。

そしてその場で、玉緒と鴇はなんとはなしに別れて、各々帰路に就いた。こうして顔を合わせるのはそれ以来である。

「今日はなにをしに来た？　単純に客としてか？」

「ああいえ、実は多々見さん宛に伝言を預かってきて……」

「小太郎からのね」

ひょこっとバッグから顔を出したのはマネだ。

「小太郎？　お前、まだあのガキと付き合いがあるのか」

「それがですね……」

初期に比べればだいぶ打ち解けた雰囲気で、鴇がカウンターから出て話を聞いてくれる。玉緒ももう過剰にはビビらず、ここにまた来たわけを伝えた。

先日、玉緒は以前に千鶴と話していた、介護施設での朗読会を拝聴しに行った。そこでまさかの小太郎と遭遇したのだ。それも小太郎はお客さんではなく、朗読倶楽部のメンバーとして手伝いに来たと言う。

「任田さんが新しい本を読むのが辛いって、あのときおっしゃっていたじゃないですか。それで小太郎くんは、『なら俺が読んであげればいいじゃん！』って発想になったらしく……。朗読倶楽部のメンバー募集のチラシをどこかで見て、勢いのまま加入したそうです」

年齢層の高いメンバーの中で、小太郎はぶっちぎりで最年少だ。今回の朗読会は小学生には難しい内容だったが、もう少しわかりやすいところから練習中だとか。

本を読むのは苦手だと言っていた小太郎だが、読みだせばすっかり読書にもハマったと言う。

「へえ、あの小生意気なアイツがな」

「来月のなかばには、小太郎くんの朗読デビュー会が同じ施設で開かれるそうで……じいちゃんにお披露目するんだって、張り切っていました。その会に、私と多々見さんも来てほしいとのことです」

「小太郎に『姉ちゃんから古本屋の兄ちゃんに伝えといて』って頼まれたから、今日ボクたちがここに来たんだよ。いつの間にか懐かれたね、ふたりとも」

　マネの言葉に、鴇は不本意そうに眉間に皺を刻みながらも、「店の都合がつけば聞きに行ってやる」と、わりと前向きに検討してくれた。

「言いかたが素直じゃないよね」

「こらマネ、しっ！　ま、また日時とかわかれば、私もこちらに来てお知らせしますね。あとおすすめの本も、小太郎くんが多々見さんに聞きたいって言っていました。私も聞かれたんで、とりあえずおばあちゃんの本をすすめたんですが……」

　朗読に向いているかはわからなかったが、比較的読みやすい花江作品を、玉緒はいくつかおすすめしておいた。よかったら小太郎も、花江の小説を好きになってくれると嬉しいなと思いながら。

「花江さんの小説といえば……あのとき、お前が話していたのは『妖魔の花』シリーズのことだろう」

「えっと……？」

「『君影』が主人公の小説だよ。登場人物が全員、花の名前だからな」

「あ！　ああ、そうです！」

　そういえば初めてこの古書店で鴇と会ったとき、彼が読んでいたのもその本だった。

玉緒がチラッとカウンターを見れば、相変わらず何冊もの本が高く積まれており、天辺には鴇が読んでいたらしき花江作品もある。

玉緒は鴇の整った顔と本を見比べ、ちょっと勇気を出して踏み込んでみる。

「あ、あの！　多々見さんは『妖魔の花』シリーズで、お好きなエピソードなどはありますかっ？」

「エピソード……？」

怪訝な顔も一瞬で、鴇は顎に長い指を添え、ごくごく真剣な顔つきで考えだした。

「……強いて言うなら三巻の四章か。主人公の君影が、失踪していた妹とようやく再会を果たすとこだな」

「そこ、私も好きです！　でもまさか、妹の撫子《なでしこ》があんな秘密を抱えていたとは思いませんよね」

「あれは読者予想を裏切る展開だったな。お前、撫子があそこで残した暗号は解けたか？」

「私はさっぱりで……おばあちゃんがまだ健在の頃に読んでいたので、次巻の答え合わせの前に、つい作者本人にネタバレを聞いてしまいました。鏡文字になっているんですよね」

「ああ。俺は自力で解いたぞ。次巻への大きな伏線だったな」

「四巻もすごく熱い展開でしたよね！　あと、多々見さんはお好きな登場人物とかは……」

一度乗りだすと会話は想像以上に弾み、盛り上がる玉緒と鴇に、マネが「けっこう君たち、似た者同士だね」と茶々を入れる。ハッとなった玉緒は口を噤み、鴇も苦い顔をして押し黙った。

気まずい沈黙が数秒流れる。

玉緒としては、つい学生のようにはしゃいでしまった自分が恥ずかしかった。今まで身近に、こんなに花江作品を語れる相手がいなかったので、鴇と話せたことがすごく楽しかったのだ。

「す、すみません。私、うるさくて」

「……べつにうるさくはねえよ。なあ、たしかお前、花江さんの代わりに小説を書くって言っていたな？」

「へ⁉」

変化球でいつぞやの話を蒸し返され、玉緒はびっくりして声が裏返った。赤くなる玉緒に構わず、鴇は「あの虫の話も書くのか？」と尋ねてくる。

「は、はい。そのために交渉して、ムシオリさんご本人に許可も取ったので」

「ご本人に許可って。けっこうお前、あやかし相手でも普通すぎるくらい普通な対応だよな。花江さんの影響か？」

「そうですね……たぶん」

言われてみれば「あやかしだから」と線引きなどはまったくしていないが、それは出会うつくも神たちが、妙に人間くさいせいもあるだろう。

それよりも玉緒は、鴇と花江が視える者同士、どんな交流をしていたのかの方が気になった。今なら聞けると思い、鴇にさりげなく質問すれば、彼の鋭い瞳に、過去を偲ぶような淡い色合いが宿る。

「花江さんは……俺からすれば恩人みたいなもんだ。視えるせいで、ガキの頃から面倒な目に遇うことも多くてな。あやかしの類いには、あの虫みたいに人間に友好的な奴ばかりじゃなくて、悪意しかない輩もいる。それこそ命の危機に晒されるくらいのな」

あくまで玉緒は、花江の万年筆の力で、最近あやかしが視えるようになった〝にわか〟だ。今のところ接しているのは善良なつくも神たちだけで、鴇や花江のように、昔から人ならざるものに関わってきたわけではない。

幼い頃から苦労してきたらしい鴇の横顔には、隠し切れない疲れが読み取れた。

「親は変な言動をするなって叱るだけだ。周囲の奴等も不気味だって俺を敬遠する。この古書店を道楽で立ち上げた変わり者のじいさんは、視えなくても信じてくれたがな。花江さんは……俺が初めて会った同じ視える人間で、だけど同じなのに、視えることを全力で楽しんでいた」

「まあ花江は、それをネタに小説を書いていたくらいだからね」

そうあらためてマネに言われると、花江の図太さがよくわかる。

「悪いもんを避ける方法も教えてくれたし、逆に悪いもんばっかじゃないってことも教えてくれた。花江さんには感謝している……だからお前が、花江さんの代わりをするって聞いたときは、正直気に入らなかった」

包み隠さない鴇の物言いに、玉緒は「で、ですよね」と俯く。

ずっと誰にも理解されなかった鴇にとって、花江は自分を救ってくれた存在でもあるのだろう。そんな存在に代わりなんて利くはずがない。やろうと決めたことを否定されるのは悲しいが、そこはしかたないとも玉緒は思う。

しかし、次に鴇から発せられたのは、予想外の言葉だった。

「だけど……今は少し、お前がどんなものを書くのか、気になってはいる」

「え……」

パッと玉緒は顔を上げる。鴉の方はふいっと視線を逸らした。

「あ、あの多々見さん！　それって……！」

「ずっと引っかかっていたんだが、その呼びかたはやめろ。鴉でいい。敬語もいらない」

「ええ⁉　ですが目上のかたに、呼び捨てとタメ口は……」

「お前、俺のことをいくつだと思ってる？　だいたいお前と俺、同じくらいだろう。俺は二十四だ」

「同い年⁉」

玉緒は雷に打たれたような衝撃を受け、慌てて口を塞いだが遅かった。鴉は「老け顔で悪かったな……！」と、盛大に顔を歪めている。

顔立ちや雰囲気に貫禄があるせいで、カミングアウトされても、玉緒は鴉と同い年だとは到底信じられなかった。

具体的には二十七か八くらいかと。

「とにかくお前……名前は玉緒だったな。玉緒は花江さんの小説を完成させたいんだろう。俺もつくも神どもは視えるから、協力してやる」

「多々見さんが私の協力を……？」

「呼びかた」

指摘され、玉緒は変な汗をかきながら、「と、鴇……くんが」と訂正した。

鴇が「よし」と頷く。

「連絡先も渡しておく。なにかあったら連絡するか、この古書店に来い。できる範囲で手伝う」

カウンターの端に置かれていたメモ紙とペンを取り、鴇は素早く、メッセージアプリのＩＤと電話番号を書き記した。悪筆の花江とは対照的に流麗な字だ。雑にメモ紙を押しつけられ、玉緒はおそるおそる受け取る。

視える人間の協力者はなにかと心強そうだが、急展開に脳の処理が追いつかない。おまけに鴇は「だから俺にも、お前の小説が書けたら読ませろよ」と、サラッと玉緒の心的負担の高い条件を付け足している。

ここが古書店ではなく自室だったら、玉緒は思う存分「えええ⁉」と叫んでいたことだろう。

「よかったね、玉緒。これって鴇に認められたってことじゃないかい？」

「そうなのかな……」

古びた本の匂いに包まれる中、鴇の若草色の袖が軽やかに靡く。

それを視界の端に捉えながら、むず痒いようなおそれ多いような複雑な心境で、玉緒はそっとメモ紙を折り畳んだ。

四章

十三夜の宴

それは十三夜《じゅうさんや》の、忘れられないほんのひと時の夢のような出逢いだ。

電球の灯りは落とされ、大きく開いた肘掛け窓から侵入する月明かりだけが、ぼんやりと室内を照らしている。

畳の一室には、中身の残る酒瓶、空になった皿、和菓子の包装紙、それから三つのお猪口《ちょこ》と徳利《とっくり》などが、点々と散らばっていた。

部屋の主である初老の男は、だらしなく隅の壁に凭れて夢現《ゆめうつつ》をさまよい中だ。

「今日は本当にいい夜だったなあ……」

ふわふわと雲を歩んでいるような気分で、男はひとり言を落とす。つい先程までの賑やかさが鳴りを潜めた室内で、その声は静寂に溶けた。

気ままなひとり身であることをいいことに、男は毎日のように好き放題晩酌をしていた。〝酒はひとりで飲むもの〟というのが男の主義で、常に月だけをお供にしたひとり酒だ。だが今日は十三夜という少し特別な夜だったので、珍しくふたりもの客を呼んで宴を行った。

人と飲む酒も悪くないなと、そう思うくらいには楽しかった。

「あー……でもそろそろ片付けねえとなあ。うるさい坊主に怒られる……」

隣に住むまだ中学生の少年は、男よりよほどしっかりしていて、だらしない男が放っておけないのか、遊びに来るついでにやたらと世話を焼きたがる。

自分を「先生」と呼んで慕ってくれるのは嬉しいが、若いうちから小言が多いのはいかがなものか。

こんな酒臭い状態で寝落ちして、小汚い部屋を見られでもしたら、明日は説教コースだろう。孫ほど歳が離れている子供からのガチ説教はけっこう辛い。

「よっこいしょ……ん？」

ふらふらと火照った体を起こそうとしたところで、男は不可解な存在に気づく。

――窓のそばに、見知らぬ女が座っていたのだ。

女はまるで、中国神話に出てくる仙女の如き出で立ちをしていて、白地に赤と金の細密な文様が入った薄い布で、細い肢体をふんわりと包んでいた。

長い絹糸のような黒髪は結わえられ、余った髪が畳の上に流れて川を作っている。顔は片側が光の加減で隠れているが、妖艶さを感じさせる美人で、衣装と同じ色の赤の瞳が神秘的だった。

人間離れした美しさ、いや、こんな姿で突然現れた者を、さすがに人間とは思えなかった。それに男は、この女をどこかで見たことがある気もしていた。

スッと、女の視線が男を捉える。その拍子に顔の全貌があらわになった。

そこでようやく、男は女をどこで見たのかを思い出した。

「な、なあ、お前！」

「お慕いしております――快晴様《かいせい》」

女は男の名を愛しげに囁くと、月明かりに紛れるように姿を消した。

秋にしては生温い夜風が、ゆるりと室内に吹き抜ける。

男の目には、女が最後に残した淡い微笑みだけが、いつまでも鮮明に焼きついていた。

※

その日、玉緒は自室の机の前で頭を抱えていた。

「ねえ、マネ。やっぱり絶対におかしいよね」

「そうだね、これはたしかにおかしいね」

マネと玉緒は、顔を突き合わせてうーんと唸る。

ここ数日ほど、玉緒の周りでは奇妙な出来事が続いていた。

いや、つくも神なんて存在が身近にいるだけで、もう十分奇妙なのだが、それとは別に周囲で変なことが立て続けに起こっているのだ。

たとえば、一昨日。

出した覚えのない玉緒の幼少期のアルバムが、自室のベッドの上に何冊も点々と置かれていた。父の優一の仕業でもなければ、万年筆な猫の仕業でもない。しかも泣き顔だったり、転んで鼻血を出しているところだったりと、恥ずかしい写真のページばかりがオープンになっていた。

たとえば、昨日。

リビングにあるテレビに、マニアックな刑事ドラマの再放送が、勝手に一週間分も録画予約されていた。これには優一も首を傾げており、またまたマネの仕業でもない。その刑事ドラマは以前に深夜枠で放送していて、花江が好んでいただけで玉緒には良さがイマイチ理解できなかったものだ。

そして今日。

「本当に、どうしてこの黒歴史がここにあるの……!?」

時間帯は夜の九時。夕食もお風呂も済ませて、パジャマ姿でのほほんと自室に戻ってきた玉緒は、あるはずのないものに悲鳴を上げた。

なんと学生時代、文芸部だった頃に書いた自作の小説のネタ帳が、机のど真ん中に鎮座していたのである。引き出しの奥の奥に厳重にしまい、誰にも見られないように封印していた黒歴史ノートが、なぜか明るみに出ていたのだ。

「なになに……『主人公は二つ上の先輩に片想い中の女の子。プロローグはふたりが廊下でぶつかるところから。タイトル案その一、恋のプレリュード』……」

「やめて！　読み上げないで！」

ノートを開き、悪意なく淡々と読み上げる鬼畜な猫から、玉緒は必死な形相でノートを奪い取る。普段の彼女からは想像もできない素早さだ。

愉快気に喉を鳴らしながら、「君って恋愛小説を書いていたんだね。いいタイトル案だと思うよ、ちょっと古臭いけど」なんて、編集者みたいなコメントをするマネに、玉緒はもう羞恥で死にそうである。

「これは若気の至りだから……！　と、というか、何度も聞いてごめんだけど、本当の本当の本当に、マネの仕業じゃないんだよね⁉」

「だから違うって。まあ、ここ最近の一連の出来事は、少なくとも人間の仕業ではないだろうから、人ならざるものが隠れてやっているはずなんだけど……」

マネは鼻をヒクヒクさせて周囲を窺う。

「……気配をまったく感じないんだよね。僕よりも、へたしたら菊花よりも力のあるあやかしが、うまく気配を消して潜んでいるのかも」

「な、なんで？　なんのためにっ？」

「さあ？　だけどこの分だと、君が言っていた花江の原稿用紙の件とか、誰もいないのに背を押された件とか、茶屋街で服を引っ張られた件とかも、ぜんぶ同一犯かもしれないね」

　ノートを胸に抱えながら、それならあのいきなり本が落ちてきたのもそうか……と、玉緒は合点がいった。

　しかし同一犯だとしたら、最初はさりげない行動だったのに、ここにきてどうしてこんな大胆に動き回っているのか。しかも玉緒のメンタルを抉《えぐ》るむごいことまで。

「でもだったら、この家のどこかに今もいるってことだよね……？」

「そうとも限らないかな。たとえばつくも神だったなら、力が強くて本体から離れることが可能でも、基本は本体のもとに帰るから。菊花と同じパターンで、ここにたまに遊びに来ているのかもね」

「じゃ、じゃあ……」

　その見えない正体について、もっと玉緒が問いただそうとしたときだ。ベッドに放置していたスマホから、軽快な着信音が鳴った。

しかも画面を見れば意外な人物で、玉緒は急いで電話に出る。

「あっ、お久しぶりです、トモ先輩。はい、はい……えっ、明日ですか？」

電話に集中しだした玉緒を他所に、マネは金色の猫目をスッと細める。

その目が捉えているのは、スマホの代わりにベッドに寝かされた、玉緒の黒歴史ノートだ。

いったい誰の、いや〝なにの〟仕業なのか。

本当はマネには、心当たりがないこともなかった。

「まあ、時期がくればわかるかな」

ポツリと一滴のインクのように落ちた呟きは、玉緒の耳には入らなかった。


日付は変わって、仕事休みの土曜日。

前日に電話がかかってきたある人物に呼び出され、玉緒は家の近くのファミレスでその相手を待っていた。

お昼のピーク時は過ぎたあとなので、店内は閑散としている。白のカットソーに緑カーデ、下はスキニーパンツのラフな私服姿で、窓際のソファ席に座る玉緒は、はたから見れば間違いなくひとりだが、実はテーブルの上にはマネもいる。

「これから来るのって、君の社畜時代の先輩だっけ？」

「社畜時代……間違ってはいないんだけど……。そうだよ、トモ先輩っていうんだけど、実は高校時代の先輩でもあるんだ」

玉緒の脳裏に、白い歯を見せて笑う、親しみを感じさせる男性の笑顔が浮かぶ。

生瀬《いくせ》友春《ともはる》、通称『トモ先輩』は、玉緒のふたつ年上で、出会いは高校から。同じ図書委員会に所属していて、わりと話す仲だった。

そしてたまたま前職の職場で再会し、「お前、乙木か？　俺のこと覚えているか？」という流れになったわけである。つまり彼も上京組で、出身は金沢だ。

高校のときから面倒見がよく、気配りに長けていた友春は、その己の特性を活かして営業課のエースまで上りつめていた。おまけに爽やかな容姿も加わり、これも昔からなのだが、女性陣から一定の人気もあった。

なお職場においては部署が違うため、せっかく再会しても、玉緒との接触は決して多くはない。それでも、玉緒が孤独に残業していたときなど、外回りで遅くなった友春と遭遇すると、彼は必ず声をかけてくれたものだ。

「乙木はいつも頑張ってんなあ。高校の図書委員だったときも、本棚整理とかひとりで請け負っていただろ？　あんま無理すんなよ。そんな仕事は連日がっぱんなってやるもんじゃないぞー」

『がっぱんなる』は金沢弁で『一所懸命になる』という意味で、わざわざ方言を使って気を解してくれる彼に、玉緒はちょっとだけ救われた。

友春の存在は、息苦しい前の職場で唯一の貴重な酸素だったのである。

「今は長期出張で金沢に来ているところで、内容は会って直接話すって言っていたけど、私に頼みたいことがあるんだって。トモ先輩にはお世話になりっぱなしだから、私でお役に立てるといいんだけど……」

そこでピコンッとスマホが鳴り、友春から到着を知らせるメッセージが届いた。玉緒が早く着いただけで、約束の時間きっちり十分前だ。

「待たせたか？　急に呼び出してごめんな、乙木」

やがて現れたのは、記憶の中と寸分違わぬ友春だった。自然に撫で付けた黒髪短髪に、質のいいグレーのスーツがしっくりきている。顔は鴨のようにひとつひとつのパーツが整っているわけではないが、どことなく華がある。

玉緒の正面に座った友春は、「久しぶり」と玉緒に笑いかけた。笑うと幼さを感じさせるところも、学生の頃から変わらない。

「お久しぶりです、トモ先輩。お元気そうでなによりです」

「ははっ、相変わらず固いなあ、乙木は。あ、俺はもう食ったんだけど、乙木の方は昼飯は？」

「わ、私も済ませて……」

「嘘だな。はい、メニュー」

空気を読んで、友春に合わせて空腹を我慢しようとしたが、あっさり見破られてメニューを渡された。「そういうとこも変わってないな」と、やれやれと肩を竦められてしまう。

「人に気を遣いすぎると疲れるぞって、高校のときも忠告しただろう」

「う……最近は改善中なんですが、つい……」

「呼び出したお詫びに奢るし、なんでも頼んでくれ。……ん、会社から連絡はないな。俺は適当にホットコーヒーでいいや」

サッと上着を脱いで、友春はスマホを一瞬だけチェックすると、素早くビジネスバッグにしまう。一連の動作が流れるように無駄がなく、こういうところが仕事ができるって感じだよなあと、玉緒は小さく尊敬の念を抱いた。

「でも乙木が仕事を辞めたって知ったときは驚いたよ。俺、出張続きでほとんど東京の本社にいなかったから」

「す、すみません。お世話になったのになにも言わず……」

「乙木のことだから、忙しい俺にわざわざ連絡するのは……って気が引けたんだろう？しかも俺が長期出張中で金沢に来たのと、お前が金沢に戻ってきたのがほぼ同時期とかすごいよな」

それは本当に偶然だ。玉緒もまさか、友春がこっちに来ているなんて思わなかった。

コーヒーと、玉緒はチーズドリアを頼み、しばしお互いの近況や他愛のない世間話をする。ウェイトレスがコーヒーを運んできたところで、話は本題へと移った。

「頼みたいことってのは、乙木に会ってほしい人がいるんだ」

「私に会ってほしい人、ですか……？」

「金沢にずっと住んでいる知り合いで、一昨日時間ができたから会いに行ったんだが。一応それなりに名のある時代小説家なんだ。乙木なら知っているか？　ペンネームで海《うみ》ノ《の》内時雨《うちしぐれ》って」

「知ってます！」

花江の書斎にその作者名の本がいくつか並んでおり、玉緒も読んだことがある。特に好きだったのは、若き武士が仇討《あだう》ちに生涯をかけた上下巻完結の話で、最後まで緊張感たっぷりでハラハラと楽しませてもらった。

しかも作家プロフィールには、石川県の能登方面出身で、在住は金沢だと書かれていた気がする。

「その海ノ内時雨……本名は山ノ内《やまの》快晴《うちかいせい》っていうんだが」

「海と山、天候を入れ換えただけなんだね」

メニューの上にぺたりと体を伏せながら、マネがのんびり尻尾を振る。もちろん、そんなマネのことは友春には見えていない。

「乙木のおばあ様も作家だっただろう？　どうも山ノ内快晴が……俺は『先生』って呼んでいたんだけど。先生は昔、乙木のおばあ様と講演会かなにかで一緒になったことがあるらしくて。そこで仲良くなって、おばあ様は先生の家に、ご友人を連れて酒盛りをしに来たことがあるそうなんだ。晩酌に人を呼ばない先生が珍しいなと思ったよ」

「あの、トモ先輩と山ノ内先生って、どんなご関係だったんですか……？」

黒く揺蕩《たゆた》うコーヒーに口をつけ、友春はしばし考え込む。

その間にぐつぐつと音を立てる熱々のチーズドリアが届いて、玉緒はウェイトレスから受け取りつつ、友春の返答を待った。

「なんだろう……難しいな。お手伝いさんと手のかかる隣人、みたいな感じか？」

「それはどっちがどっちで……」

「お手伝いさんが俺で、手のかかる隣人が先生」

思ったより奇妙な関係性に、玉緒はスプーンを片手にクエスチョンマークを浮かべる。

「親父がマイホームを買う前だから、まだ俺が中学の頃だな。その頃は家族で借家住まいだったんだが、お隣さんが先生だったんだ」

当時、御年六十の快晴は、オンボロ古民家に住む〝変わり者じいさん〟で近所では通っていた。浮世離れした雰囲気で、皆が遠巻きにしていたらしい。

しかし、お節介気質な友春の母は、夕飯を多めに作り、友春経由で快晴によく差し入れさせた。快晴も変人であることは確かだが、付き合えば妙に憎めない人柄だとわかり、友春はだらしない彼の世話を率先して焼くようになった。学校のない休日は、掃除や草むしりなんかもしてあげていたとか。

「なんというか……トモ先輩の面倒見のよさって、本当にすごいと思います」

「まあそこまでしたのは、俺が単純に先生を慕っていたからだけどな。作家ってのも、ガキだった俺には特別な職業に思えて、先生すげぇって。当の先生には、『お前は俺の女房か！』とかうっとうしがられていたけどさ」

コーヒーカップをソーサーに置いて、友春が眉を下げて苦笑する。

その声に交じって、外のけたたましい車のエンジン音や、店員さんを呼ぶベルの音が玉緒の耳を通り過ぎた。

友春は続けて、久方ぶりに会った快晴との会話の中で、玉緒のことがわかり、ぜひ花江の孫娘に会いたいと、快晴が言いだしたのだと説明してくれた。

「もう先生もだいぶ年だし、見た目は元気そうだけど体は弱っているみたいでさ……医者に止められていて好きな酒も飲めないって、寂しそうだったんだ。乙木の話題のときは楽しそうだったから、よかったら一度だけ会ってやってくれないか？」

「えっと、私でよければお会いしますが」

初対面の人に会うのは緊張するが、そんなことで友春に恩返しができるなら……と、玉緒はすぐに了承した。友春はよほど快晴を心配していたのか、「助かるよ、ありがとうな」と白い歯を見せて顔を輝かせる。

山ノ内先生のサインとかもらえないかなと、玉緒にはほんのり下心もあったりした。

マネも「うん、行くべきだね」と頷いている。

「花江が関わっているなら、そこにもつくも神がいるかもしれないし」

「あっ、そ、そうだね」

「君、そっちのことは頭に少しもなかったね」

こっそりマネに指摘され、サインのもらいかたばかり考えていた玉緒は、肩をギクッと跳ねさせる。

「どうした？　乙木」

「い、いいえ！　それであの、いつ山ノ内先生のところにお伺いすればいいですか？　早い方がいいですよね……？」

「俺が出張でこっちにいるの、来週の木曜までなんだよ。今日はもともと、これから先生のとこへ寄るつもりでな。それで乙木、このあとはなにか用事あるか？」

特にないことを伝えれば、善は急げでさっそくファミレスを出て山ノ内快晴の住まいへと、友春のレンタカーで向かうこととなった。

急いでドリアを食べようとする玉緒に、友春は「ゆっくりでいいぞ」と笑う。

やけどした舌を水で冷やしながら、玉緒はこれから会う人物に想像を巡らせた。

※

金沢外環状道路《かなざわそとかんじょうどうろ》、通称『山側環状《やまがわかんじょう》』を抜けて、車で二十分ほどの目的地へと車を走らせる。

来週に入れば十月も終わりの週。

車窓に映る木々は色づきだし、そろそろ紅葉の季節だ。

紅葉といえば、金沢が誇る日本三名園のひとつ『兼六園《けんろくえん》』も、じきに見頃を迎えるだろう。兼六園は春夏秋冬、一年を通してどの季節でも見事な自然の色彩を見せるが、秋の紅葉は冬の雪吊りと合わせて人気が高い。赤や黄と鮮やかに着替えた植物たちが、広大な庭を秋色に染める様はまさに絶景だ。

玉緒は兼六園自体、幼少期に父と行ったきりだが、今年は千鶴あたりを誘って紅葉狩りもいいかもと、助手席のシートに身を埋めながら考えていた。

「あ、そういえば忘れていた」

「なんですか？」

赤信号で停止中に、ハンドルを握る友春が思い出したように口を開く。

「乙木に渡すものがあったんだが、今日持ってこようとしたのに置いてきちまった。すまん、東京に戻る前に家に届けに行くな」

なんだろう、お土産かな？　と玉緒が尋ねようとしたところで、信号が青に変わり、車がグンッと発進する。今まで友春の運転する車に乗ったことがなかったが、彼の運転は意外と荒かった。玉緒の膝に座って外を眺めていたマネが、「とっ、ととっ」と体を傾ける。

友春はアクセルを踏んでスピードを上げている。

玉緒はだんだんと不安になってきた。

「あ、あのトモ先輩……もう少し速度を落としても」

「ん？　なにか言ったか？　あれ、こっちを曲がるんだったかな」

「せ、先輩！　カーブが急すぎ……！」

「このナビわかりにくいな。えっと、右車線に入ればいいのか」

「ウィンカー出すのはもっと早い方が……！」

「……玉緒、ボクなんか酔ったみたいなんだけど。インク吐きそう」

マネって酔ったらインク吐くの⁉

そう内心で突っ込みを入れながらも、玉緒は激しい振動に、青褪《ざ》めながらぎゅっとシートベルトを握り締めた。

「乙木、ふらふらだけど大丈夫か？　もしかして俺、運転下手だったかな……。人を乗せて走るのなんて久々すぎて、わからなかったんだが」

「だ、大丈夫です……あの、本当、大丈夫です」

うまいごまかしもできず、玉緒はおぼつかない足取りで車を降りた。肩にはぐったりとしたマネが、干された布団のように伸びている。こんなにダメージを受けているマネを玉緒は初めて見た。

辿り着いたのは、民家がポツポツと間を空けて立ち、道路を挟んで向かい側は田んぼだけが悠々と広がる、清閑な場所だった。かつて友春たち家族が住んでいた借家は、とっくに潰されて更地と化していた。

「連絡入れたからいるはずだけど、チャイムが壊れていて鳴らないんだ。……先生、友春です！　乙木を連れてきましたよ！」

友春は手土産の紙袋を片手に、玄関の扉を軽く叩いた。

快晴宅は敷地だけは広いものの、まさにオンボロと称されるにふさわしい有様だった。雑草は伸び放題で、褪せた壁に蔦が這っている。前に玉緒がお邪魔した君影宅も同じ、古い木造二階建てだったが、こちらはさらに年季が入っていることは確実だ。

やがてガラガラと立て付けの悪い扉が開き、背の低い小柄な老人が出てくる。

紺の作務衣姿で白い髭を蓄え、気難しい顔つきをしていたが、友春を前にするとくしゃりと笑みを作った。

「おうおう、本当に連れてきてくれたんだなあ、春坊《はるぼう》。そっちが花江ばあさんの孫か？」

しゃがれた大きな声だったが、嫌な感じはしない。玉緒が名乗って会釈すれば、老人は自分が山ノ内快晴だと名乗り返した。

「春坊から話は聞いたよ。無理言ってすまんなあ。とりあえず上がれ、上がれ」

「先生、『春坊』は止めてくださいって。俺はもういい大人ですよ」

「お前は俺の中じゃ、いつまでも青い坊主のままだよ」

快晴と友春は気安く言葉を交わしながら、慣れた調子で家の中へと入っていく。快晴は言動もしっかりしていて、玉緒の目からはだいぶ元気なご老人に見えた。

それに「だらしない」と聞いていたが、家の中は存外掃除が行き届いていた……と思ったが、一階の客間はまだ惨状のままだからと、なぜか二階の部屋に通されることになった。客人が来るからとやんわり掃除してみたはいいものの、途中で飽きて投げ出したそうだ。作務衣も掃除用の格好だったらしい。

「この部屋は普段は寝室に使っているんだが、布団はしまったから大丈夫だ」

なにが大丈夫なのかはわからなかったが、ギシギシと音を立てる階段を上って、快晴が部屋の障子戸を開ける。

六畳の和室は、両開きの肘掛け窓の隙間から秋風が吹き込んで、ひんやりと冷えていた。ポツンと置かれているのは、古めかしいちゃぶ台だ。他に目立つものはなく、余分なものはすべて他の部屋に押し込んだのだと、快晴は胸を張った。

「先生、それは掃除とは言いませんからね。物を一時退却させただけです」

「細かいことはいいんだよ。さっさと座れ。ほれほれ」

強引に促され、玉緒たちはちゃぶ台の周りに腰を下ろす。

友春はごまかされたことに不服そうな顔をしていて、今日はトモ先輩の新たな一面がいっぱい見えるなあと、玉緒はなんだか微笑ましくなった。

しかし、傍らにトートバッグを下ろし、あらためて室内を見回したところで――ギクリと体を強張らせる。

「えっ！」

「乙木？」

「なんだ、虫でもいたか？」

思わず出た驚愕の声に、友春と快晴が不思議そうな顔をする。どうやらふたりには、〝あれ〟は視えていないようだ。

玉緒は「そ、そうです、ちょっと虫が」と濁して、マネに小声で尋ねる。

「マネ、あれって……」

「んー……？」

いまだダウン中のマネは、緩慢な動作で首を回した。

「あー……ボクと同類だね。あれはつくも神だよ」

部屋の隅には、仙女と見紛う格好の女が、静かに窓を見つめて座っている。

位置的に横顔しか窺えないが、その佇まいは息を呑むほど儚く美しい。

いったいなんのつくも神なのだろうと、玉緒は思案する。

今のところ部屋の中には、彼女の本体らしきものは見つからないが、なんとか調べられないだろうか。

「はい、先生。手土産ですよ」

「おー！　諸江屋《もろえや》の落雁じゃねえか！」

部屋の隅を玉緒が気にしている間に、友春から紙袋を受け取った快晴が、大袈裟に歓喜の声を上げていた。

『落雁　諸江屋』は、落雁を中心に取り扱う金沢の老舗和菓子屋だ。諸江屋の落雁は味の上品さはもちろん、種類も豊富で見た目にもこだわりが窺え、金沢の甘味を語る上では外せない名店である。

「『花うさぎ』、『加賀宝生《かがほうしょう》』、『金の霊澤』……さすが春坊、俺の好みをわかっているな」

快晴はほくほく顔で、次々と袋の中身をちゃぶ台に並べる。

口どけまろやかで一粒が可愛らしい『花うさぎ』、生落雁の間に羊羹を挟んだ味わい深い『加賀宝生』、抹茶羊羹に煮栗をごろっと贅沢に入れた『金の霊澤』と、すべて玉緒も大好きなラインナップだ。

ついつい、視線が女からお菓子たちへと移る。

「『オトギクヅユ』もありますよ。今日みたいに少し寒い日は、葛湯を飲むとほっこり温まるかと思って。俺、淹れてきますよ」

「ほう、これは初めて見るな。パッケージが昔話風なのか。『桃太郎』、『花咲か爺さん』、『カチカチ山』……三つあるな。お玉ちゃん、好きなの選びな」

「え？　あ、はい！」

玉緒は自分が呼ばれていることに遅れて気づいた。

快晴の『お玉』という呼びかたには、味噌汁を掬《すく》う道具しか浮かばなかったが、素直に受け入れて三つの小さな赤い箱を見比べる。

その名のとおり、お伽噺がモチーフのオトギクヅユは、パッケージも絵本風で愛嬌がある。玉緒は目についた、タヌキとウサギのいるパッケージを指差した。

「カチカチ山だな。ウサギの報復がえげつない話だったか？　ウサギといえば……今夜は十三夜か」

十三夜？　十五夜ではなく？

聞き慣れない単語に、玉緒はきょとんと瞳を瞬かせた。「なんだ、知らねえのかお玉ちゃん」と、ガハハと笑って快晴が教えてくれる。

十三夜とは、十五夜の一か月後に巡ってくる月を指す。十五夜の次に美しい月だと称されており、十三夜の月を愛でるのは日本独自の風習だ。また十五夜と十三夜、片方しかお月見しないことを『片月見』と呼び、縁起が悪いとされているので、ひとつ見たならもうひとつも見なくてはいけないとか。

玉緒は、十五夜は家でマネと見上げたが、十三夜のことはたった今知った。

「十三夜の月は、十五夜と違ってほんの少し欠けているんだ。それがいいんだよ」

「へえ……なんか、えっと、粋ですね」

「お！　お玉ちゃんは話がわかるな。俺はひとり酒主義だが、十三夜だけは誰かと騒いで酒盛りがしてえんだ。それでな、春坊にお玉ちゃん。この機会だ、今夜は俺と月見酒でもしていかねえか？」

「医者から止められているんじゃないんですか」

玉緒が返答する前に、友春が硬い表情で「待った」をかけた。快晴はあぐらをかいて足の裏を掻きながら、「ちょっこしならええと許可もらったわ。飲みたいげんもん」と、愛想を込めてか方言で返す。

「それにほれ、ちょうど栗の入った菓子もあるだろう。十三夜は栗を供えることから『栗名月《くりめいげつ》』とも言うんだ。和菓子に合うのはお抹茶だが、日本酒にだって合うぞ。特別な夜に特別な菓子、特別な客がそろえば、あとは酒を飲むしかないだろう」

「なんですかその理屈。だいたい俺たち、車で来ているんですけど」

「泊まればいい話じゃねぇか。片付ければ空いている部屋は多いし、なんだったらお前らの知り合いを呼んでもいいぞ。みんなで飲めや騒げやしようや。どうだ、お玉ちゃん。泊まりは平気か？　日本酒は飲めるか？」

「だ、大丈夫ですけど……」

「よおし、ほんなら決まりだ」

ニッと、快晴が口角を上げる。「いい酒もあるんだ」と、あからさまにウキウキしている様子に、友春も溜息をついて折れた。

こうして快晴の計らいにより、玉緒たちは急遽、十三夜の宴を開くことになった。

※

夜の宴に向けて、友春は葛湯を淹れたあと、車で買い出しへと出かけていった。軽食と、他にもおつまみが必要だろう、と。一度プランが決まれば、友春の行動はテキパキと迅速だった。

玉緒も手伝いについていこうとしたのだが、マネがペン先の尻尾をよれよれと振って「友春の運転は勘弁して」と訴えてきたので、置いていくわけにもいかず快晴と待機することになった。

いまだ瀕死状態なマネに、玉緒は万年筆に効く酔い止めでもあれば……と思わずおかしなことを考えてしまった。

「そうだ、お玉ちゃんにいいもんを見せてやるよ」

「いいもの、ですか……？」

ちょっと待ってなと告げて、快晴が部屋を出ていく。

オトギクヅユのとろりとした甘さを堪能しながら、待機組は二階の部屋でそのまま話し込んでいた。話題は主に快晴や花江の作品についてで、初対面の人と会話を繋げるのが不得手な玉緒でも、本のことならいくらでも話を広げられた。

「――これだ、俺の一等大事な物」

ほどなくして戻ってきた快晴は、しわしわの手に小振りの徳利を持っていた。

石川県を代表する陶芸のひとつ、九谷焼《くたにやき》の徳利だ。十七世紀なかばに誕生した九谷焼は、迫力のある色絵が特徴で、さまざまな絵付け様式がある。この徳利は赤い絵具で緻密な描き込みを施した赤絵細描《あかえさいびょう》というもので、そこにさらに豪奢な金の彩りを加えてある。

その赤絵で描かれていたのは、ひとりの美しい仙女。それはまさしく、今も部屋の隅にいる、玉緒にしか見えない女と同じ姿だった。

わざわざ調べる手間は省けたようで、彼女はどうやらこの徳利のつくも神らしい。

「見事な出来だろう？　まさに匠の技ってやつで」

「はい。でも……」

快晴の言うとおり、中心の仙女の絵も、周りを埋める花や小紋も、この徳利はどこを取っても精緻で見事な仕上がりである。

ただ残念ながら口がほんのちょっぴり欠けており、うっすらとヒビも入っている。ヒビは仙女の顔に、痛ましい怪我のように走っていた。普通に使えないこともないだろうが、本来なら廃棄するか直すかしないと危ないだろう。

「これは昔、骨董集めが趣味の友人から譲ってもらったもんだ。友人も壊れたのを知人に押しつけられたとかで、骨董的価値はそれほどないみたいだが。俺はそもそも価値なんてわからん。ただこの欠けやヒビも含めて気に入ってな。酔狂だと言われたが……月も物も人も、少し欠けているくらいがちょうどいい。そう思わねえか？」

「春坊には『先生は欠けすぎです』とか言われそうだけどな」と豪快に笑って、快晴はちゃぶ台の上に置いた徳利のヒビを軽くつつく。

するとこれまで微動だにしなかった、つくも神の女が身動いだ。角度を少し変えてよく見ると、綺麗な顔の右側には、亀裂のような傷もある。

「友人曰く明治時代の品で、見てのとおり絵は中国風だな。この女人はおそらく『嫦《じょう》娥《が》』様らしいぞ」

「あ、嫦娥様なら知っています。中国神話の登場人物で、月と関わりの深い仙女様ですよね」

「お！　こっちは知っていたか。仰々しいから俺は、欠けからとって『欠子《かけこ》』って呼んでいるが」

「欠子……ですか」

「おう、ユニークで可愛いだろう」

人間に対してならだいぶデリカシーのない名前だが、つくも神の女、もとい欠子は、なにやら嬉しそうに口元を緩めた。

本人はその名を気に入っているらしい。

「この徳利を見た奴には、軒並み『さっさと捨てろ』やら『せめて直せ』やらいろいろ言われたが、俺はこのままの欠子の徳利が好きなんだ。人の大事なもんに横からごちゃごちゃ言うな！　って一喝してやったよ」

「すごい、ですね。私だったらきっと……人の声に負けてしまいます」

実際に負けて、玉緒は花江の形見のポーチを捨ててしまった。

いつまでも消えそうにない過去の痛みが胸に甦り、玉緒は暗い表情を覗かせてしまう。

「なんだ、急に辛気くさい顔して」

「すみません……少し山ノ内先生のお話で、感傷に浸ってしまったというか」

「ははっ、なんだそりゃ。嫌なことなら、酒でも飲んで忘れちまえ。早く夜が来ねえかな、久々にこの徳利で飲むのが楽しみだ。これは特別な日にしか使わねえんだ。それに今晩こそ、また欠子に会えるかもしれねえし」

「……欠子さんに、会う？」

ピクリ、と欠子が反応した。

窓の方を見つめながら、快晴がしみじみと語りだす。

「あれはちょうど、花江ばあさんたちと飲んだ十三夜のことだ。秋にしちゃあ蒸し暑い夜でよ。酔いと暑さでぼんやりしていたが、ばあさんたちが帰ってひとりになったあと、俺はたしかに見たんだよ。この欠子が絵から飛び出して、そこの窓のそばに座っているところをよ。月の光の中で、俺の名前を呼んで微笑んだんだ。そりゃあ別嬪だったぜ」

欠子の白い頬が、ほんのりと朱色に染まる。

本当にその在りし日の十三夜、快晴と欠子はこの部屋で顔を合わせたらしい。

しかしどういうことだろうと、玉緒は首を傾げる。快晴にはつくも神の類いは視えておらず、現にマネのことも、まさに今そこにいる欠子のことも、彼は気配さえ感じ取ってはいないようなのに。

「たぶん、その十三夜のときは、いろいろと条件が重なったんだと思うよ」

玉緒の膝上でだらりと寝そべり、回復に努めていたマネが解説してくれる。

「まず花江がそばにいたことが大きいね。彼女の強すぎる力が、快晴と欠子の両方に影響したんだろう。それと欠子の方は、月に纏わるモチーフの物だったことも関係ありそうかな。特別なお月見の夜だったなら、月の力も働いたのかもね」

そういうこともあるのかと、玉緒はふむと心の中で頷く。花江の影響は前提として、たしかに古くから、月には神秘的な力があるという説は多々ある。月の仙女が描かれた徳利のつくも神ならば、その力も直に受けるのかもしれない。

しかし解説したにもかかわらず、マネは「まあ難しいことは考えず、〝月夜の奇跡〟とでも思っておけばいいんじゃない？」と雑にまとめた。

「こんな話、お玉ちゃんは酒が見せたただの幻だって笑うか？」

「……笑いません。ちゃんと欠子さんはいたって、私は信じます」

「ははっ、さすがは奇々怪々な話ばっか書いていた、花江ばあさんの孫だ。そうだよ、こういう話は、信じねえより信じる方がおもしろい」

快晴は窓の向こうの、まだ現れぬ月を見上げる。

陽はまだ高く、夜の訪れには早い。今日は彼の名のとおりの快晴で、きっと綺麗な月が見えるだろう。

「俺も老い先短い身だ。もう一度だけ欠子に会って酌でもしてもらえたら、思い残すことはなんもねえなあ」

しんみりとした快晴の呟きは、徳利の欠けた口の中に沈んでいった。

玉緒がなにか言葉を返す前に、部屋の外から「先生ー！」と朗々と呼ぶ声が響く。友春が帰ってきたようだ。壁が薄いため、一階からでも快晴を呼ぶ声はしっかりと聞こえてきた。

「俺は先に下りているな。お玉ちゃんは葛湯を飲み干してから、いんぎらぁと来まっし」

金沢弁で「ゆっくりおいで」と告げて、快晴は部屋をあとにした。

しん、と部屋に沈黙が駆け抜ける。

そこで初めて、欠子が口を開いた。

「――もうし、そこの花江様のお孫様」

玉緒にふんわりと微笑みかけながら、「こちらへ」と白い手で手招きしている。正座で痺れた足を引きずって、玉緒はおそるおそるそばに寄った。

「あ、の」

「ああ、近くで見ると花江様に似ていますね」

欠子は顔を近づけ、玉緒をまじまじと見つめる。傷など問題にならないくらい、欠子は見た目の美しさもさることながら、所作のひとつひとつが洗練されていて、玉緒は同性なのにドキドキしてしまった。

いや、同性もなにも、そもそも人ではないのだが。

「花江様にお会いしたのは、友を連れてこの部屋を訪れた一度きりでしたが、あの十三夜はとてもいい夜でした。いつか私の物語を書きたいとおっしゃって、私や快晴様ともまたお会いする約束をされていたのに……人の命とは儚いものです」

「その物語は、代わりにこの玉緒が書くよ」

ようやく完全復活したマネが、トンッと床に降り立つ。欠子は「まあ」と口元に手を添えた。

「お孫様が書かれるのですね。私の物語などお好きにどうぞ。物ごときが人間に懸想《けそう》した、愚かな恋物語にしかなりませんけれど」

「……恋って、その」

快晴に対する反応を見て、玉緒は薄々だがそうじゃないかと思っていたが、やはり欠子は快晴に〝そういう感情〟を抱いているようだ。

欠子は薄雲を隔てた月明かりのような、淡い笑みを唇に乗せる。

「作られてからさまざまな人の手に渡りましたが、私を破損ごと気に入り、あれほど大切にしてくださったのは快晴様だけです。快晴様は私の運命のかた。ですが……人とつくも神。決して叶わぬ想いだとも重々承知しています」

「欠子さん……」

「ふふっ、お年頃のお孫様ならご理解頂けますか？　叶わなくても、届かなくても、想うことは許してほしいというこの気持ちが」

無意識に、玉緒は同意するように頷いていた。

実は……本当に〝実は〟の話だが、玉緒は高校時代、友春に対して、欠子と似た想いを抱いていた時期があったのだ。

それは憧れに近い淡い想いで、友春には同級生の彼女がいたし、内気な玉緒が告白などできるはずもない。それは学生時代の青い思い出としてしまわれた。なお友春は現在、その同級生だった彼女と婚約済みで、玉緒もそれは知っている。過去は過去で、今はただ仕事でもお世話になったよき先輩だ。

「……わかり、ます。私にも、欠子さんの気持ち」

「ありがとうございます。――ただ、ひとつだけ」

そっと、まさに陶器を彷彿とさせる冷たい手で、欠子が玉緒の手を取る。

「ご無礼かと思いますが、お孫様にお願いがあるのです」

「お願い……？」

「いつかの十三夜のように……私をもう一度だけ、快晴様と会わせてくださいませんか」

サラリと飛び出た難題に、玉緒は手を取られたままたじろいだ。

会わせるって、どうやって。

いやそもそも。

「あの、さっき想うだけでいいって……」

「それとこれとは話が別ですから」

にっこりと欠子が微笑む。

菊花やムシオリに比べるとおとなしい性格かと思いきや、案外ちゃっかりしている。

「どうかあの夜の奇跡を今一度。快晴様はきっと……もう長くはありません。お体のこともあり、私で思いきりお酒を召し上がる機会は、今宵で最後かもしれないのです」

最後、という言葉が、玉緒の胸に重くのしかかる。恋する乙女のパワーか、欠子の赤い瞳には、静かに押しきるような強さがあった。

それに彼女は、快晴が亡くなったあと、自分が処分されることも覚悟しているようだった。

まさしく〝最後の願い〟なのだろう。

「……ね、ねえ、マネ。私たちが手伝えば、ふたりを会わせてあげられるの？」

「奇跡を意図的に起こせるか、って話だね。策がないこともないかな。要は条件さえ、あの日と同じように揃えればいいんだよ」

「条件といえば……」

玉緒は頭の中で、その奇跡が起こった日について、マネが解説した内容を反芻する。

条件は大きくふたつ。

ひとつは月の綺麗な夜であったこと。これは問題ないだろう。今日が十三夜という点も同じだ。

もうひとつは花江の存在だが、これはどうするのだろうか。

「私じゃあ、おばあちゃんほどの力はないし。おばあちゃんの持ち物だったマネがいれば、なんとかなりそう……？」

「ボクの存在だけじゃ厳しいかな。ボクだけじゃね。念のため、視える人間もあとひとりくらいいるといいね」

「それって……」

マネの言い回しに引っかかりを覚えつつ、玉緒の脳裏に、端整だが常に不機嫌そうな彼の顔が過った。心当たりなんて彼しかいない。

だけど急に呼んで来てくれるのかなとか、いきなり迷惑じゃないかなとか、「できる範囲で手伝う」という言葉は社交辞令だったんじゃないのかなとか、あれこれとマイナスな思考がぐるぐる回る。

ひと言で言うと、とても呼びづらい。

「呼ぶなら早い方が無難だね」

「お孫様……」

マネは催促するようにペン先の尻尾をぺしぺしと畳に叩きつけ、欠子は期待を乗せた眼差しで玉緒の顔をじっと窺う。

圧力を与えてくるつくも神たちに挟まれた末、玉緒は弱々しく答えた。

「……れ、連絡取ってみます」


玉緒はまず、一階にいる快晴と友春に、宴会に招きたい友人がいるのだがいいかと、許可を取るところから始めた。汚すぎる台所の片付け作業をしていたふたりは、もちろんいいぞと快く了承してくれた。

それから一度、玉緒はスマホで彼に連絡を取ったのだが、応答はなし。店に電話しても繋がらなかったため、しかたなく個人電話の方に留守録を入れておいた。

三人で片付けをして、おつまみ兼夕食作りを始めたのが夕方頃。

金沢風おでんを作ることになり、おでん種の用意をしていた玉緒のスマホが、ブルブルと震えて着信を告げた。

「悪い、宅買いに出かけていて電源切ってた。なにか用か」

宅買いとは古書店用語で、お客さんの家に出かけて本を引き取る出張買取りのことだ。

やはり鴇は仕事中だったらしい。

「こちらこそすみません、多々見さん。お忙しいところ……」

「呼びかた、あと敬語」

「あ！　ご、ごめん！　えっと……鴇くん」

ん、と電話の向こうで鴇が頷く。

彼とこうして電話するのは二回目で、一回目は小太郎の朗読会情報を伝えるための業務連絡だった。今日は急な頼みごとなので、玉緒は台所から出たところで、緊張しながらスマホを持つ手に力を込める。

「……と、いうわけなの。いきなりで迷惑だと思うんだけど、来られるかな？」

「夜に行けばいいんだろう？　問題ない、行く」

「あ、ありがとう！」

あっさりと快諾されたことに、玉緒は手放しで喜ぶ。鴇は二件目の宅買いが終わったら、そのまま車でこちらに来るそうだ。

「あとで住所も送っておくね。本当にありがとう」

「ああ……海ノ内時雨先生のお宅なんだよな？」

「うん。そっちはペンネームで、本名は違うけど」

「……お前はもらったのか？」

電話越しの鴇の声が急に真剣みを帯びる。

もらったのはなんのことだろうと、玉緒は頭を働かせるが、鴇の言わんとしていることがわからない。

「サインだよ。山ノ内先生のサイン。せっかくお会いするなら欲しいだろう」

あ！　と玉緒はようやく気づく。欠子のことですっかり忘れていたが、快晴にサインを頼むつもりだったのだ。

なおその欠子は、二階の部屋でマネとずっとつくも神トーク中だ。一度様子を玉緒が見に行ったときは、延々と快晴の惚気《のろけ》を語っていた。マネはうんざりした様子で、玉緒は「今日のマネは厄日かも……」と同情した。

そのことは置いといたとして、サイン云々を鴇から聞いてくるということは。

「その、鴇くんって、山ノ内先生のファンでもある……？」

「……上下巻完結の仇討ちの話が一番好きだな」

「あ、私もその話が一番好き……じゃなくて、ええと、私はまだもらってないけど、あとで頂けないか聞いてみるよ。鴇くんの分も、その」

鴇はギリギリ聞き取れる低い声で、「本を持っていくからそれに頼む」と言った。呼びつけて来てもらうのだから、ここは頑張って快晴に頼まなくてはいけない。決意すると同時に、好きな本の作者に対して、しっかりファン魂を持つ鴇にシンパシーを覚えた。あと、やはり読書傾向が似ている。

「忘れるなよ」

「う、うん！　もちろん！」

照れ隠しなのか、鴇は「じゃあまたあとでな」と乱暴に通話を切った。

「乙木、お友達は来られるって？」

「あ、はい」

紺のエプロンをつけた友春が、菜箸を手に台所から顔を出す。家事もお手のものという器用な友春は、料理の段取りもよかった。まとめ役として彼がいれば、鴇が増えても宴会はつつがなく進行するだろう。

そこで廊下から、酒瓶を片手に摑んだ快晴が歩いてきた。ペタペタと裸足で床を踏んで、ふんふーんと機嫌よく鼻歌を口遊《くちずさ》んでいる。

「あったあった、俺の秘蔵の隠し酒。そういやあ、お玉ちゃんのお友達ってどんな奴なんだ？　男か？　彼氏か！」

「ち、違います！」

「先生、セクハラですよ」

友春は冷たい目を快晴に向けるが、快晴はがっはっはと笑って流すだけだ。

「だ、男性ですけど、おばあちゃん繋がりのお知り合いです。『多々見古書店』というお店の店主さんで、山ノ内先生の作品のファンでもあるらしいんです。そ、それでよかったら、私の分と合わせてサインを……」

「多々見古書店？　ひがし茶屋街のか？」

この流れでサインを頼もうとしたら、快晴は眉間に皺を寄せた。

鴇と前店主の名前を聞かれ、玉緒が答えれば、快晴は先ほどより大きな声で爆笑する。

「こりゃあいい！　今から来るのは、鷹雄じいさんの孫か！」

「お知り合いでした……？」

「孫とは会ったことねえが、じいさんとは知り合いだったよ。なんせ、いつかの十三夜、花江ばあさんが連れてきた友人が、鷹雄じいさんだったからな」

「ええ⁉」

意外な事実に玉緒は驚く。

友春も「へえ、すごい偶然だな」と感心している。

「偶然じゃねえよ、これこそ運命ってやつだろう。アイツらの孫世代と、また酒盛りができるなんてなあ……これは本当に、また欠子に会えるかもしれんな」

ますます夜が楽しみだと、快晴は酒瓶を揺らして足取り軽く台所に入っていった。つまみ食いに来たようで友春に怒られている。

玉緒は賑やかな声を聞きながら、欠子と快晴のふたりがもう一度会えますようにと、夜を待つ月に願っておいた。

※

鴇が着いたのは、午後七時を回った頃だ。

その頃には、辺りはすっぽりと黒一色に覆われ、空にはほんのり欠けた月が昇っていた。「十三夜に曇りなし」という言葉もあるほど、十三夜は十五夜よりも晴れ渡ることが多く、この雨降る街でも、今夜は月が美しく夜空にかかっている。

「来てくれてありがとう、鴇くん。……今日は着物じゃないんだね」

ワゴン車で来た鴇を玄関で出迎えて、彼の格好に玉緒は些か意表を突かれた。

手土産の袋……奇しくも諸江屋の紙袋を手に、左肩には快晴の本が入っているらしい布バッグを肩にかけた鴇は、ネイビーのシャツにジーンズというシンプルな洋服姿だった。若草色の着物が頭の中で固定化していた玉緒は、そんな鴇を新鮮に感じた。

髪は和装時と同じ、伸びた襟足をちょんと結んでいるが、ずいぶんと印象が変わる。

どちらにせよ、テレビの向こうの俳優並みにカッコいいのだが。

「着物は店の中だけで、仕事着みたいなもんだ。先代のじいさんが『雰囲気を守れ』って形から整えたがる人だったからな。栞のつくも神の家に、あの格好で行ったのも例外だ。普段は洋服だし、宅買いのときも着物は着ねえよ」

「そうなんだ……鴇くんも、なんていうか大変だね。祖父がへん」

変人、と言いかけて、玉緒は慌てて「こ、こだわりがある人だと！」と言い直す。祖父母にいい意味で振り回されている感じも、これまたシンパシーを抱いた。

「それで、今回のお前の取材対象のつくも神は、山ノ内先生に自分を会わせてほしいって頼んできたんだったか？」

「うん。なかなか難しそうなんだけど……やれることは、やってあげたいなって」

同じ乙女として、恋する乙女を応援したいところもある。

成功を祈る玉緒を前に、鴇は僅かに目尻を緩め、「いいんじゃねぇか」と呟いた。

「花江さんも昔言っていたぞ。『人相手やろうとあやかし相手やろうと、力になってやりたいとちょっとでも思うたんなら、惜しまんとなったげる。その経験が、後にええ物語を生み出すんや』って」

「おばあちゃんがそんなことを……」

「花江さんらしいよな。で、いい加減上がっていいか」

「ど、どうぞ」

玉緒はささっと体をずらした。わりと律儀な鴇はきっちり頭を下げて、おじゃましますとひと声かけてから、靴を揃えて家の中へ上がる。


そして顔ぶれが揃い、十三夜の宴は幕を開けた。

ちゃぶ台はしまわれ、代わりに快晴が押入れから出してきた、折りたたみ式の大きなローテーブルが、部屋の真ん中を陣取っている。

テーブルの上には、欠子を含めた熱燗の徳利が三本と、お猪口が人数分。欠子以外の酒器は、白無地のどこにでもありそうな代物だった。他にも軽いおつまみが数種と、茶碗に盛られた人数分の栗ご飯、中央にはドンとおでんの鍋が並べられている。

今日の夜はことさら冷えるので、両開きの肘掛け窓は片側だけを開き、そこから月を眺める仕様になっていた。

席は適当にふたり組になって向かい合い、快晴の音頭が終わればあとは無礼講だ。

「へえ、じゃあ多々見くんはまだ若いのに、お店をひとりで経営しているのか。すごいな」

「いえ、祖父の店を継いだだけなので」

「それでもすごいよ。次に金沢に帰ってきたときには、多々見くんの古書店にも寄ってみたいな。俺も本はそこそこ読むからさ」

「お待ちしています。……注ぎますよ」

「ありがとう。気が利くね」

もとより愛想のいい友春と、君影宅でも見せた外行きモードの鴇は、意外にも早々に打ち解けて酒を酌み交わしている。なにより鴇の方は、はた目ではわかりにくいが、快晴から無事にサインをもらって機嫌がよさそうだった。

「お玉ちゃん、大根に白滝、あと赤巻を取ってくれ」

「は、はい！」

「あ、やっぱり白滝は止めて、車麩の方にすっか。出汁《だし》は多目に入れてくれよ」

「はい！」

「あー冬だったら蟹面《かにめん》もいきてえとこなんだがな。王道に卵と牛スジと……いや白滝をやっぱ入れて、車麩をもう一個……」

「は……え、ええっと」

見兼ねた友春から「先生、乙木をからかわないでください！」とストップが入る。

ひたすら快晴に言われるがまま、おでんを取り分けていた玉緒は混乱中だ。快晴は悪びれる風もなく「いやあ、あわあわするお玉ちゃんがおもしろくてな」と、ひとりで勝手につまんだ牛スジをかじっている。

金沢は日本一おでんが食べられている地域で、『金沢風おでん』はご当地の名物でもある。あっさりした出汁に、他では見られない変わった具材が特徴だ。彩りを加える赤いカマボコの『赤巻』に、味の染み込んだ丸い穴あきの『車麩』。カニの甲羅に身や内子などを詰めて煮た『蟹面』は、少々高価でささやかな贅沢である。

わいわいと、人間たちが酒と熱々のおでんに舌鼓を打って盛り上がる傍ら。部屋の隅ではつくも神たちが、というか欠子が一方的に、いまだ惚気をマネに語っていた。

「……快晴様が私を見初めてくださったとき、私の前の所有者の方は、『本当にこんな物でいいのか』と驚いていましたね。豪快に頷いた快晴様に、私はすでにつくも神としての自我があったのですが、『あ、これが運命の出会いなのね』と胸が高鳴ったものです」

「うん……」

「快晴様のすばらしいところは数えきれないほどありますが、まず私を人に惜しみなく自慢してくださるところでしょうか。こんな壊れた私を、お気に入りだと見せびらかしてくれるのです。嬉しいですが少しお恥ずかしいですよね」

「うん……」

「あとはですね。大切な物だから正しく使いたいと、わざわざ徳利の注ぎかたも調べてくださり……マネ様はご存じでしたか？　徳利は本来、絞ってある部分ではなく、そちらを上に向け、反対側から注ぐのが正しい注ぎかたなのです。あの絞り部分は宝珠の形になっていて、お客様にその形がよく見えるようにするのが礼儀なのです。きちんと使いかたを学んでくれるなんて、物冥利に尽きると思いませんか？」

「うん……」

「あれほどすてきな殿方なのに、快晴様はいいお相手がおらず、今までひとり身で……わ、私が妻になれたらなんて、無理は承知で考えたことも！」

「……これらの話、ぜんぶ五回ずつくらい聞いているんだけど」

マネはぺたんと三角耳を伏せて、すでに降伏の姿勢だ。いつものマネならもっとのらりくらりと躱《かわ》しそうだが、今日はとことん参らされている。

騒がしい宴は順調に進み、夜はどんどん深まり時刻は九時。

快晴が欠子の存在に気づく様子はまだない。もちろん、友春の方もつくも神の気配なんて一切感じてはいなさそうだ。

「あの女のつくも神を、山ノ内先生に会わせるんだろう？　このままで大丈夫なのか」

「私も焦ってきているかな……」

席替えをして隣同士になった玉緒と鴇は、こそこそと耳打ちをする。

おつまみの皿もおでんの鍋もほぼ空になり、酒も底をついてきた。宴も終盤だ。そろそろなにか動きが欲しいところである。

「って、あれ……？」

玉緒はそこでふと、机の端にあるお猪口に目を留めた。

視界を点々と回し、一、二、三……と数えていき、やっぱりひとつ多いよね？　とまばたきを繰り返す。

人数は四人なのに、お猪口は五つある。快晴か友春が間違えたのだろうか。

「なにかあったか」

「ううん、たいしたことじゃないんだけど……」

「なんら、なんら？　お玉ちゃんに鴇坊、仲良く内緒話かー？」

ベロベロに酔った快晴が、机から身を乗り出して悪絡みをしてきた。呂律《ろれつ》は回っておらず、顔は猿のように真っ赤だ。

すかさず友春が「はいはい、若者に絡まない」と窘《たしな》めている。もとから控えめに飲んでいた玉緒や鴇に比べ、友春はかなりの量を飲んでいたにもかかわらず、酒に強いのかケロッとしている。

「うー、なんか眠くなってきたな……」

「先生、お客さんもまだいるのに寝落ちしないで……うわっ！」

快晴は机に突っ伏して寝てしまい、その際にガシャンッと、おでんの出汁が入った小皿が落ちた。運悪く、それは友春のYシャツに大きな染みを作ってしまう。

「大丈夫ですか、トモ先輩⁉」

「これくらいなら平気だ。下で洗ってくるよ。すまないがふたりとも、少し先生を頼むな」

友春はシャツをつまみ、立ち上がって部屋を出ていこうとする。

だけど彼は戸に手をかけたところで止まり、改まったふうに「ありがとうな、乙木。それに多々見くんも」と言った。

「今夜の先生はすごく楽しそうだった。ふたりが来てくれたおかげだよ。……やっぱり先生の体は、あまり良くない状態みたいでさ。思いきりこんなに飲めるのは、きっと今日が最後だって、本人も悟っているようだった。なんとなく、俺も一時だけどそばで面倒見てきたから、先生の考えはわかるんだ」

欠子と同じことを述べて、友春は眉を下げて小さく笑うと、もう一度だけ「だから、ありがとう」とこぼした。そして今度こそ戸の向こうへと消えていく。

欠子のためだけでなく、快晴と、彼を今でも慕う友春のためにも。

なんとしてでもふたりを再会させたいと思い直し、完全に酔い潰れた快晴を横目に、玉緒はいそいそと欠子に近づいた。

マネは疲れたのか丸まって寝ており、欠子は窓のそばに移動して、片側だけ開いた窓から、静かに月を見上げている。

「ごめんなさい、欠子さん。まだおふたりを会わせられなくて……でも、あの！　私がなんとかしてみせますから！」

「なんとか、ですか？」

「具体的には？」

欠子が首を傾げ、あぐらをかいて座る鴉が胡乱《うろん》な目を向けてくる。

玉緒は「ええっと」と、ほんのり酔った頭を必死に回転させせる。

「ほ、他のつくも神たちも今から呼ぶとか……彼等の力も借りて、その」

「どうやって呼ぶんだ？　本体ごとここに持ってくるのも難しいだろ」

「ですよね……。ところで鴇くんは、私以外にあやかしが視えるお知り合いなどがいたり……」

「いねぇな」

なけなしの案はすべて鴇にバッサリ切り捨てられ、玉緒は項垂れつつも、まだなにかあるはずだと考える。反して欠子は、艶やかな黒髪を揺らし「もういいのです、お孫様」と、ふるりと首を横に振った。

「ご無理を言ってすみませんでした。今宵はいつかの十三夜に負けぬほど、私も楽しかった。快晴様の満たされたお顔を見られただけで、私も満足です」

「ま、まだ諦めないでください！　月はまだ昇っていますし、これからあの夜の奇跡が起こることも……」

「奇跡は一度きりだからこそ、奇跡と呼ぶのかもしれませんよ？　……もう、よいのです」

ひどく寂しげに、欠子が赤い瞳を伏せる。諦観を滲ませたその様子に、玉緒まで胸が痛くなった。

わざわざ鴇にまで来てもらったのに、このまま終わってしまうのだろうか。やはり欠子の言うように、奇跡はそう何度も起きはしないのか。

「ああ、今宵は冷えますね。夜風は快晴様のお体に障ります。窓を……」

「……閉めておくか」

暗い雰囲気で座り込む欠子や玉緒を気遣ってか、遠い席の鴇が立って窓を閉めようとしてくれた。

彼の大きな背が、黄色い月の光を遮る。

隙間から風が吹き込み、ひんやりとしたその風が、玉緒の火照った脳を冷まさせた。

先ほどは条件のひとつである、力の強い〝花江の存在〟に代わる要素を求めたけれど、もうひとつの条件はどうだろうか。月の綺麗な夜。それだけでは満たされない、なにか必要な要素がまだあるのでは……。

玉緒は今一度、快晴が語っていた遠い十三夜のことを思い浮かべた。

誰かが答えを促すように、服の袖をくいっと引いた気がする。

そこで——玉緒は閃いた。

「ま、待って、鴇くん！　閉めないで！　むしろ開けて！」

「あ？」

端整な眉を顰めて、鴇が玉緒を一瞥する。本人に悪気はないとはいえ、思わず玉緒はその迫力に怯むが、ここは怯んでいる場合ではない。

「ご、ごめん。でも、その窓を……っ」

「……開ければいいんだな？」

それでも素直に、彼は両開きの戸をどちらも全開にしてくれた。細く聞こえていた虫の音が強くなり、外の空気が一気に室内に入り込む。

鴇に礼を述べつつ、玉緒は欠子の白い手を握る。

「お孫様……？」

「……おばあちゃんたちと飲んだ十三夜のとき、山ノ内先生は蒸し暑かったと言っていましたよね？　今日とは違って、秋なのに暑い夜だったって。そのとき、この大きな窓はどうしていましたか？」

「窓……窓は両側とも開ききって……」

「なるほど、月明かりだね」

知らぬ間に目を覚まし、んーと伸びをしているマネが割って入る。

「部屋にたっぷり差し込む月明かり。それを直接浴びる必要があった……ってところかな。空に綺麗な月が出ているだけじゃ、条件には足りなかったみたいだね」

「うん。たぶんふたりは……」

玉緒は欠子の手を引いて、月の光が直によく当たる位置へと連れていく。マネがテーブルに乗って跳躍し、蛍光灯のスイッチの紐を、器用にもペン先の尻尾に絡ませて引っ張った。

パッと照明が消え、室内に薄闇が広がる。

欠子の細いしなやかな輪郭が、降り注ぐ月明かりになぞられて浮かび上がった。

玉緒は急いで快晴の肩を揺すって起こし、彼が呻いて目を開けたところで、邪魔にならないよう、鴇と一緒に部屋の隅へと身を潜める。

玉緒の推測が正しければ、おそらくふたりが出会えるのは、今夜のこの月明かりの中だけだ。

「ん、んん……お？　春坊たちはどうしたんだ？　どうにも寝ちまって……」

がしがしと白髪を掻きながら、ゆっくり顔を上げた快晴が、暗くなった周囲を見回す。

玉緒は手を祈るように組んで、うまくいきますようにと何度も念じた。そんな玉緒を見下ろしながら、鴇は静観の構えをとっている。

そして。

「お前さんは……」

「……快晴様」

快晴が窓の方を振り向いたとき、彼はようやく欠子の姿を捉えた。

ふたりの視線が、月明かりの中で確《しか》と交わる。

快晴は霞がかった頭で、自分は夢を見ているのかと自身に問うた。心地よく寝落ちして、まだ夢の中をうつろっているのかと。だけどすぐに、泣きそうな顔でこちらを見つめる欠子の存在に、夢だろうが現実だろうがどうでもよくなった。

覚束ない足取りで、快晴は欠子の前まで来てどっかりと腰を下ろす。その手には、欠子の本体である徳利と、適当に取ったお猪口がひとつ。

「またお前に会えたなら、夢でもなんでもかまわねえ。酌してくれるか？」

「……はい」

余計な会話はせず、快晴が差し出したお猪口に、受け取った徳利で欠子が酒を注ぐ。中身はちょうど一杯分。

淡い光がふたりを包む中、トクトクと、小気味のいい音が鳴る。

お猪口に揺蕩う水面には、端が僅かに欠けた月が浮かんでいた。その月ごと、快晴は喉を上下させて味わうように飲み干す。

「うめえな。今までで一番うめえ酒だ。……それにやっぱり、お前さんは綺麗だな」

快晴から真っ直ぐに向けられた賛辞に、欠子は頰を桜色に染めた。

顔の傷に触れながら、「初めて出会ったときも、そう褒めてくださいましたね」と、懐かしげに瞳を細める。

「いい徳利じゃねえか、気に入った。欠けにヒビ？　これくらいなら問題ねえよ。俺はこの絵の綺麗な女に、ひと目惚れしちまったみたいだからな。大事にするから、俺に譲ってくれねえか」

欠子の記憶だろうか。

今より若い快晴の声が、玉緒の耳にも流れてきた。

そのときの、欠子の嬉しくて嬉しくてたまらないという、喜びの感情も。

「あのときから……ずっとお慕いしております。私を最後まで、あなたのおそばに置いてくださいませ、快晴様」

恋する年若い少女のような表情で、欠子がふわりと微笑む。

短く「もちろんだ」と肯定の返事をすると同時に、快晴にはもう、欠子の姿は視えなくなった。

トンと徳利を窓辺に置いて、空になった盃を高く掲げる。煌々と輝く十三夜の月を見上げ、快晴はしみじみと口にした。

ああ、いい夜だ——と。

※

「わざわざ見送りに来てもらって悪いな」

「いえ。あちらに戻っても、お体には気をつけてください、トモ先輩」

金沢駅の新幹線改札口の前で、玉緒はキャリーバッグを携えた友春と相対していた。平日の朝のためか、改札を抜けていくのは友春と同じビジネススーツの人が多い。電光掲示板には、東京行きの新幹線情報が点灯している。

「今回は本当に世話になったよ。先生のことでさ」

「こちらこそ、山ノ内先生にお会いできて嬉しかったですし、宴会も楽しかったです」

「俺が戻ってきたら部屋は真っ暗。テーブルを枕にしていたはずの先生が、なぜか窓辺に凭れて寝ていたのには驚いたけどな」

「は、はは……」

玉緒は曖昧に視線を逸らす。

数日前の十三夜。欠子と無事に再会を果たしたあと、快晴は糸が切れたようにまた寝こけてしまった。玉緒と鴇が介抱しようとしたのだが、その前に友春が戻ってきて「何事だ⁉」とプチ騒動になったのだ。

「しかも先生、幸せそうな顔で熟睡しちゃってさ。起きたら起きたで、欠子に会ったぞってうるさいし。徳利の絵の女に会ったとか……昔もそんな話をしていたけど、また酔って幻でも見たんだろうな」

「トモ先輩は、その、そういう話はあんまり信じない方なんですね」

「うーん、苦手なんだよなあ。有り得ないオカルトとかファンタジーとか」

実際にそのオカルトなファンタジーが、あの夜にあの場で起こっていたのだが。現実主義な友春は、端《はな》からそういうものは信じていないらしい。

玉緒の肩に乗るマネが、「こういうタイプはボクらとは縁がないね」とツンと言い放つ。若干トゲを含んでいるのは、車の運転でボロボロにされた怨みを引きずっているのかもしれない。

「先生の話はたしかに、ロマンはあると思うけどな。その欠子のことを語るとき、先生は年も年のくせに、まるで恋する少年みたいな顔してさ」

「……恋する少年、ですか」

快晴が眠ったあとも、ずっと愛しげに彼のことを見つめていた欠子の姿を、玉緒は思い浮かべる。快晴は快晴で、欠子の徳利にひと目惚れしたとかとも言っていた。

そう考えると案外、欠子の一方的な片想いでもなかったのかもしれない。

「ん、そろそろホームに移動するか」

腕時計と電光掲示板を見比べ、友春が黒無地のキャリーバッグを引き寄せる。もう出発時間が近づいてきたようだ。名残惜しげに、玉緒は手を振ろうとする。

だがそのまま行ってしまうのかと思いきや、彼は「おっと、その前に」と屈んで、キャリーバッグの裏ポケットを漁りだした。

「トモ先輩……？」

「乙木に渡すものがあるって車で話していただろう？　結局今日まで渡せなかったからな。ほら」

「え……」

気軽に差し出された物に、玉緒は一瞬、心臓が止まった。

信じられない気持ちで受け取り、穴が開くほど凝視してしまう。

「これ……なんで……」

——それは、からし色の毛糸で編まれたポーチだった。

中身はティッシュやハンカチなどのエチケット用品。ほつれたところを不格好に直した跡もある。紛れもない花江が作ってくれた形見で、いつか玉緒が衝動のままに捨ててしまった、あのポーチだ。

「やっぱり乙木の物で合っていたよな。違っていたらどうしようかと」

「わ、私のですけど、なんで……!? どうしてトモ先輩が……！」

「お前がうちの会社を辞める前、泣きながら廊下を走っていったことあるだろう？ あのときさ、お前は気づいていなさそうだったけど、俺にぶつかったんだよ」

言われてみれば、ポーチを捨てて泣き場所を求めて駆けていたら、廊下の真ん中で誰かと衝突した気もする。いっぱいいっぱいだったので相手の顔も見られず、謝罪もおざなりだったが、その相手が友春だったとは。

「追いかけたかったんだが、厄介な取引先を待たせていてな。でも応接室に向かう途中で……あーっと」

友春はなぜか言いにくそうに言葉を切り、気まずげに頬を掻く。

「さっき、オカルトやファンタジーは有り得ないって断言した手前、すごく話しにくいんだが……呼ばれた気がしたんだよな」

「呼ばれた……？」

「通りがかったゴミ箱から、『こっちに来て』って声が聞こえて。それで覗いたら、そのポーチが捨てられているのを見つけたんだ。すぐに乙木の物だってわかったから、あとで返そうと拾っておいたんだよ」

話している友春自身も半信半疑といった感じで、いったいどういうことだろうと、玉緒は考える。

まさかこのポーチもマネたちみたいに、つくも神になって意思を宿して……？

今まで随所で起こっていた奇妙な出来事は、もしやこの子の仕業？

湧いた疑問をマネに確認したかったが、友春の話は続く。

「まあ、疲れていたし幻聴だとは思うんだが……他にも不思議でさ。俺が金沢行きの出張が決まって、荷造りしたこのキャリーバッグに、入れた覚えもないのになんでか入っていたんだよ、それ。おかげで今、乙木に返せたんだけどな」

「あの……トモ先輩は、私が自分から捨てたとは思わなかったんですか？」

ゴミ箱にあったのなら、玉緒が意図的に手放した可能性だってあるはずだ。

だけど友春はきょとんとした顔で、「それはないだろ」と事もなげに否定した。

「だって乙木、高校のときから大事に使っていたじゃないか。おばあちゃんが作ってくれた大切な物だって。先生にとっての『欠子』みたいなものだろう？」

「あ……」

「そんな物を自分から捨てるはずないし。だから俺は、てっきり落としたか失くしたかして、間違えてゴミ箱にあったんだって、当たり前のように判断したんだが……すまん、違ったか？　お節介だったか？」

「い、いいえ！」

玉緒は首を激しく横に振って、毛糸の塊をぎゅうっと胸に抱いた。

いまだにこれが、自分の手元にある実感がわかない。こんな形で戻ってきてくれるとは思いもしなかった。

込み上げる涙を堪えて、深く頭を下げる。

「ありがとうございます、トモ先輩。ずっと……ずっと探していたんです、本当は」

もうこれからは、誰になんとバカにされようと、大事なものは大事だと胸を張りたい。

そしてもう二度と、つまらないことで手放したりはしないと、玉緒は胸の奥で誓う。

「なにはともあれ、よかったね、玉緒」

「……うん」

優しく猫目を緩めるマネに、玉緒は小さく頷き返した。

何度となく友春に礼を告げると、「たいしたことしてないから」と困った顔をされてしまう。

「むしろごめんな、返すのがここまで遅くなって。仕事に追われて、半分忘れていたところもあるというか……」

「それは気にしないでください！　トモ先輩はお忙しいので」

「社畜は辛いよってことでひとつ許してくれ。……俺もよくわからないまま、そのポーチを拾って持ってくることになったけどさ。なんていうか、ちゃんと乙木のもとに帰るようになっていた、って感じだよな」

そう爽やかに歯を見せて笑って、友春は再び時間を確認する。

「お、マジでそろそろ行くな。俺がこっち来る機会があったら、また先生も入れて騒ぎたいな。多々見くんにもよろしく」

「はい、伝えておきます」

「またな、乙木」

別れを短く告げてから、今度こそ友春は、キャリーバッグを軽快に捌いて改札の向こうに消えていった。マネがバイバイと、ペン先の尻尾を左右に振る。

残された玉緒は、手の中のポーチに視線を落とした。

「ねえ、マネ。これって……」

先程の疑問を口にしようとしたが、その前に言うべきことを思い出し、いったん唇を閉じる。

このポーチの正体について、あれこれ考えるのはあとでいい。

雑踏の中で、玉緒は小さく、だけどしっかりと、手の中の大切な物に対して呟いた。

「……ごめんね、おかえり」

それに答えるように「ただいま」と、どこか花江を思わせる柔らかな声が、たしかに聞こえた気がした。

終章

スラスラと原稿用紙の上を、万年筆のペン先が軽快に滑る。ペラリ、と用紙が捲られて、また新たなページに文字が書き込まれていく。

花江の書斎で、玉緒はマネの万年筆を手に原稿用紙に向き合い、黙々と文章を綴っていた。今は菊花の物語を、小説として形にしているところだ。最初は手間かなと悩んだのだが、あえて花江と同じ方式で、原稿用紙に下書きをしてからパソコンに打ち込んでみている。物語の骨組みとなるプロットも手書きだ。慣れると存外はかどる。

「ふう……ちょっと休憩」

「お疲れ様、玉緒。だいぶ進んだね。ボクもいい運動したーって感じだよ」

「万年筆でいっぱい文字を書くと、マネはそういう感覚なんだ……鴇くんに『原稿はまだか』ってやたら催促されるから、頑張らないとって」

今ではすっかり連絡を取り合うようになった鴇は、玉緒にちょいちょい担当編集みたいな発破《はっぱ》をかけてくる。思い出して苦笑していたら、机に乗るマネが「ところで」と、尖ったペン先の尻尾で、インク瓶の横に転がる玉緒のスマホを指した。

「のんびりしているけど、もうそろそろ出かける時間じゃないのかい？」

「え！　もう？」

スマホの画面を見たら、たしかに準備をして家を出ないといけない時間だった。玉緒は慌てて広げていた原稿を片付ける。今日は午後から千鶴と約束があるのだ。

すっかり秋も深まった、十一月の初頭。

兼六園の紅葉狩り……には少々早いが、兼六園に隣接する『石川県立伝統産業工芸館』に、和太鼓演奏をこれから聞きに行く。

工芸館は名のとおり、石川県の伝統工芸品を集めて展示したミュージアムで、蒔絵を施した漆器や金箔製品、九谷焼などを一堂に見て回れる。ワークショップや演奏会なども催されており、地元の文化に触れるには最適だ。玉緒は小学校のときに授業の一環で行って、難しいことはそのときはわからなかったが、それでも館内に並ぶ工芸品たちに圧倒された覚えがある。

例によって和太鼓演奏は千鶴のお誘いで、彼女も施設のおじいちゃんにすすめられたらしい。もし時間が余れば、またひがし茶屋街の方でお茶でもして、鴇の古書店に寄るのもいいかなと考えている。

「それに君には、菊花と遊ぶ約束、小太郎の二度目の朗読会に参加、快晴に誘われてまたお宅訪問と、予定が目白押しだ。あちこち出かけるのはいいね。ついでにつくも神探しもできるし」

「うん。マネも一緒に行こうね……っと、これも忘れないようにしなきゃ」

トートバッグにスマホと万年筆を入れた玉緒は、ふと思い出して引き出しから、あの例のポーチを取り出した。これもバッグに入れようとして、んーと悩ましげに首を捻る。

「ねえ、マネ。本当にこのポーチにも、つくも神が憑いているんだよね……？」

「そうだよ。ボクたちとは違う、いろいろ例外のね」

このポーチが戻ってきたあとに、マネから聞かされた話を反芻する。

玉緒の推測どおり、やはりこのポーチには意思が宿り、つくも神として目覚めていたようだ。しかもとにかく力の強い花江作の物だったゆえ、歴史が浅くともこのポーチの力は規格外で、気配を消してわりと好き放題動いていた。

友春に自分を拾わせるところから始まり、彼の金沢行きにこれ幸いとついていき、こっちに来てからは玉緒のもとにちょこちょこ出現するなど。

マネの方は、気配は悟れずとも、薄々その正体を感づいていたようだが。

「半分くらい、花江の分身って考えておけばいいかもね。隠れて孫を導くこともあれば、飽きてイタズラを仕掛けることもある」

「おばあちゃん、わりと自由人だったから……そう考えると、おばあちゃんの持ち物だったマネも、持ち主に似て自由猫だよね」

「失敬な。ボクほど規律正しいあやかしはいないよ」

そうとぼけて、マネは尻尾をくるくる回す。

思えばあの数々のイタズラは、玉緒が自分を捨てたことへの意趣返しもあったのかもしれない。手助けっぽいこともしてくれていたので、プラマイゼロだが。

「でも……どうしてこのポーチさんは、姿を現してくれないのかな」

玉緒は椅子の背に凭れながら、ふにふにと毛糸の感触を確かめる。

せっかく玉緒のもとに返ってきて、つくも神としても対面できるというのに、ポーチさん（仮）はいっこうにその姿を現さない。それどころか隠れてやっていた行動もピタリと止めてしまい、玉緒にはどうも、つくも神憑きだなんて思えなくなってきていた。

「やっと本体が玉緒のところに戻ったから、小休止中なんじゃないかい。もしくはもったいぶってただ出てこないだけか。そのうち気まぐれに、ひょっこり現れるかもしれないよ」

「そうだね……どんな姿なんだろう」

この会話も、ポーチさんには筒抜けなのだろうか。急かすつもりはないが、面と向かって会える日が来たら、いろいろと話してみたいなと思う。

楽しみだなとこぼして、玉緒はポーチをバッグにしまった。

「ん？」

椅子から立ち上がって、いざ出かけよう……としたところだ。

玉緒がまとめた原稿用紙の上に、先程まではなかった黄ばんだ用紙が一枚、無造作に置かれていた。

それは手に取ってみると、玉緒とマネが出会った日、リビングにあった花江の原稿だとわかる。

「おや、さっそくポーチさんが動いたみたいだよ」

マネがおもしろそうに原稿用紙を覗いてくる。

今の今までどこに隠していたのか、この原稿もやはりポーチさんの仕業だったようだ。

内容は前に一度読んだのと同じ、『人がいるから物が生まれ〜』という出だしで始まる、花江の書きかけのプロローグだ。


人がいるから物が生まれ、物があるから人の世は豊かになる。

この街の片隅で、意思を宿した〝彼等〟はたしかにそこに在った。

人であらず、されど人の世に限りなく近い存在の彼等。

もしこの物語を開いたあなたが、なんらかのきっかけで、その一端を垣間見ることができたのならば、そのときは

「この続き、おばあちゃんはなんて書くつもりだったのかな……あれ？　よく見たら、なにか小さい字でメモみたいなのが……」

最初に見たときはスルーしてしまったが、原稿の端に、花江の悪筆で走り書きされた文字がまだあった。

それは端的に一言。

「――『たまちゃんへ。続きはよろしく』……って」

「花江から、玉緒に宛てたメッセージみたいだね」

「まさかおばあちゃん、はじめから私に丸投げするつもりで……？」

自分が小説を完成させられないことを、花江は見越して、孫に託していたということだろうか。

そこで玉緒の記憶の中で、この部屋で花江と交わした、在りし日の会話が甦る。

「たまちゃんは、つくも神さんたちに会いたいがんけ？」

「……あ、会えるなら、会ってお話ししてみたい」

「ほうやったら、いつかたまちゃんが……おばあちゃんの代わりに、つくも神さんにいっぱいお話を聞きまっし。ほんで小説を書いたらええわ。おばあちゃんはもう年やさかいね。元気なたまちゃんに頼んだわ」

「……できるかな」

「たまちゃんなら大丈夫や。約束やよ」


「私……あのときもう、おばあちゃんに頼まれていたのかも」

原稿用紙を手にしたまま、玉緒は呆然と立ちすくむ。約束と称して、花江のしわしわの指と、幼い玉緒はしっかりと指切りをしていた。

ここにきてようやくそのことを思い出すとは。

すべてを見透かすような、花江の透明な笑みが、瞼の裏にありありと浮かんで溶けた。

「浸っているところ悪いけど、スマホ鳴っているよ」

「え！　わ!?　ちづ姉、もう着いちゃったって！」

ハッとなって原稿用紙を机に戻し、玉緒はスマホを片手に、バッグを揺らしながら急いで書斎をあとにする。千鶴が車で迎えに来てくれる手筈だったのだが、すでに家の前にいるらしい。

いつのまにか玉緒の肩に移っていたマネは、廊下を早足で駆ける玉緒の耳元で、「それで？」と囁いた。

「さっきの花江の原稿の続き、君ならなんて書くんだい？」

「い、今聞くの⁉　え、ええっと」

バタバタと玄関で靴に履き替えながらも、玉緒は思考を巡らせる。

マネをはじめとした、出会ったつくも神たち。

そのつくも神たちに関わる人間たち。

彼等のことを想って、普段は考えすぎてしまう玉緒にしては珍しく、その一文はすんなりと出てきた。

「そのときは……『どうかおそれず、彼等の物語も聞いてあげてほしい』、かな」

「ん、いいんじゃないかい。君らしくて」

「そうかな？　ありがとう」

玉緒はそっと笑って、玄関の扉を開けた。優しく吹いた涼やかな秋の風は、どこか懐かしさを孕んだ匂いを連れてくる。

一歩踏みだし、玉緒は金沢の街へと出かけていった。

おわりに

はじめまして、もしくはお久しぶりです、編乃肌と申します。

本書をお手に取って頂き、心よりお礼申し上げます。


前作のシリーズは〝お花〟がテーマでしたが、今回は〝ご当地あやかしもの〟ということで、金沢の雰囲気に合うよう、しっとり和風テイストを目指してみました。地元愛を詰め込んでみたのですが、少しでも楽しんで頂けましたなら幸いです。

金沢という街は、本当に情緒あふれる見所の多いところです。あれもこれも紹介したい！ と、まず選ぶのが大変でした……。つくも神を絡めた物語にしようと思ったきっかけは、作中でもマネが言っていた、金沢が〝ものづくりの街〟だからです。いつもはタイトルに悩むのですが、『金沢つくも神奇譚』というタイトルははじめからすんなり出てきました。

登場人物に関しては、空気を読みすぎてしまう玉緒と、あやかしゆえか空気を一切読まないマネのコンビが気に入っています。それと、ツンデレ和服男子の鴇。ふたりと一匹のかけ合いが書いていてとても楽しかったです。

また今回は、私の地元を舞台にしたということで、石川県でご活躍の企業様や工芸館様などに取材をさせて頂きました。皆様お忙しいところ、快くご協力頂き、感謝の言葉が尽きません。なにより私自身が大変勉強になりました。金沢はいいところ！　と、改めて叫びたくなる素敵なお話しばかりでした。

最後に。スタイリッシュでおしゃれなカバーイラストを手掛けてくださったMinoru先生、マネのペン先の尻尾デザインには痺れました。前作に続き、編集の方々には的確にご指導賜り、大変お世話になりました。支えてくれた友人、家族、作家仲間の皆様には本当に励まされました。

そして、本書を読んでくださった読者様。この本を読んで、金沢の街を歩いてみたいと思って頂けたなら、作者としては嬉しいです。もしかしたらつくも神に会えるかもしれないので、そのときは金沢の茶房で一緒にお茶でもしてあげてください。

本当にありがとうございました。

どこかでまたお会いできますように。

編乃肌　拝

【参考資料】
『新版 金澤・百萬石の城下町―美しきニッポンの遺産』（北國新聞社）
『金沢ブランド１００』（北國新聞社）
『伝統のまち金沢の今―変容する城下町の姿と課題』金沢野外地理研究会（北國新聞社）
『九谷焼（伝統的工芸品シリーズ）』正和久佳（理工学社）
『日本の金箔は99％が金沢産』（北國新聞社）

【ご協力頂いた取材先リスト】
尾山神社 http://www.oyama-jinja.or.jp/
毬屋 http://kagatemari.com/
石川県立伝統産業工芸館 http://www.ishikawa-densankan.jp/
箔一 http://www.hakuichi.co.jp/
諸江屋 http://moroeya.co.jp/
きんつば中田屋 http://www.kintuba.co.jp/main.html

編乃肌先生へのファンレターの宛先

〒101-0003 東京都千代田区一ツ橋2-6-3 一ツ橋ビル2F
マイナビ出版 ファン文庫編集部
「編乃肌先生」係

ファン文庫

金沢つくも神奇譚
～万年筆の黒猫と路地裏の古書店～

2018年10月20日　初版第1刷発行

著　者　編乃肌
発行者　滝口直樹
編　集　田島孝二（株式会社マイナビ出版）　須川奈津江
発行所　株式会社マイナビ出版
〒101-0003　東京都千代田区一ツ橋2丁目6番3号 一ツ橋ビル2F
TEL　0480-38-6872（注文専用ダイヤル）
TEL　03-3556-2731（販売部）
TEL　03-3556-2735（編集部）
URL　https://book.mynavi.jp/

イラスト　Minoru
装　幀　高橋明優＋ベイブリッジ・スタジオ
フォーマット　ベイブリッジ・スタジオ
校　閲　株式会社鷗来堂
DTP　富宗治
印刷・製本　図書印刷株式会社

 ISBN978-4-8399-6750-5
Printed in Japan

ファン文庫

質屋からすのワケアリ帳簿

～パンドーラーの人形師～

人形は秘密を
すべて知っている――

ワケアリ品ばかり買い取る質屋で働く、千里。ある日、高校の元クラスメイトが訪れて……人気シリーズ最新作！

著者／南潔
イラスト／冬臣